L'ALPHA DU MILLÉNAIRE

À propos de ce livre

Veuillez noter que cette œuvre de fiction contient des éléments explicites et sombres ainsi que des passages qui sont susceptibles de heurter la sensibilité d'un public non averti.

Ce livre est une fiction. Toute référence à des évènements historiques, des personnages ou des lieux réels serait utilisée de façon fictive. Les autres noms, personnages, lieux et évènements sont issus de l'imagination de l'auteur, et toute ressemblance avec des personnages vivants ou ayant existé serait totalement fortuite.

First published by Inkitt and Galatea

Ouvrage dirigé par Bénita Rolland
Traduit par Anaïs Papillon
Graphisme de couverture : Laetitia Kalafat

Pour la présente édition

34-36, rue La Pérouse
75116 – Paris
www.hugopublishing.fr

ISBN : 9782755670431
Dépôt légal : août 2024
Imprimé par CPI BUSSIÈRE (2078971)

L'ALPHA DU MILLÉNAIRE

Traduit de l'anglais (États-Unis)
par Anaïs Papillon

TOME 2

SAPIR A. ENGLARD

Hugo Roman

Romantasy

ÉPISODE 1

PAS TUER

Ève

QUATRE MOIS PLUS TARD

Le poing de Reyna a fendu l'air. Je me suis baissée, l'évitant facilement.

– Trop lent, ai-je dit avec un sourire en coin.

– T'as genre 1000 ans, a-t-elle répliqué en essuyant la sueur de son front. C'est pas juste. T'as eu vachement plus de temps que moi pour t'entraîner !

J'ai senti mes veines se gonfler et j'ai plissé les yeux.

Si tu crois que j'ai pas remarqué cette pique sur mon âge, ai-je dit en communiquant par télépathie avec Reyna.

– Sors de ma tête, purée ! Je déteste quand tu fais ça. Respecte mon intimité !

– Arrête de monter sur tes grands chevaux, ai-je répondu en levant les yeux au ciel. Quand tu décideras de devenir un vampire, tu disposeras des mêmes pouvoirs que moi, et ça m'étonnerait que tu t'en plaignes.

– *Si* je décide de devenir vampire, a-t-elle rétorqué, me corrigeant.

Dans un peu plus de deux ans, Reyna aurait à prendre la décision la plus difficile de sa vie. Elle devrait ou non accepter le sang de vampire qui coule dans ses veines et se soumettre au rituel qui changerait sa vie à jamais.

J'allais m'assurer qu'elle soit prête, le moment venu, à la fois physiquement et mentalement.

– Allez, on y retourne, ai-je dit, en me plaçant en posture défensive.

– Ève, je meurs de faim ! On peut pas faire ces séances d'entraînement après le petit déj ? a plaidé Reyna, dont l'estomac se plaignait quasiment aussi fort qu'elle.

– Si tu parviens à me toucher, même une petite égratignure, on terminera plus tôt pour aujourd'hui, ai-je proposé pour la challenger.

Une expression revigorée est apparue sur le visage fatigué de Reyna qui a aussitôt relevé les poings.

– C'est parti.

***

Après que Reyna a quitté la Maison de la Meute pour se rendre au lycée, je me suis assise dans la salle à manger déserte. Des centaines d'années plus tôt, j'avais pris la décision de devenir vampire pour sauver ma fille Snow. J'allais avoir besoin de tout le pouvoir possible pour combattre les forces qui me séparaient d'elle.

Reyna, pour sa part, avait mené une existence bien différente. Devenir vampire serait un choix bien plus complexe pour une jeune fille de dix-sept ans qui avait passé ces dernières années en tant qu'émo rejetée par ses camarades du lycée de Lumen.

Jamais elle n'avait jamais demandé tout ça. Pourtant, elle était l'héritière de la fortune des Morgan, en plus du reste. Reyna était plus forte qu'elle n'en avait l'air. Elle avait su s'adapter à toutes les embûches que la vie avait déployées sur son chemin.

Quel que soit son choix…

Je veux m'assurer qu'elle en ait vraiment un.

Reyna

Le pied d'Anya n'arrêtait pas de taper contre son bureau, en salle d'étude.

– Anya, arrête, ai-je « murmhurlé ».

– Je peux pas, a-t-elle soufflé. Je suis trop excitée pour ce soir !

Je devais admettre que j'étais dans le même état. Quelques-uns des garçons de la Maison de la Meute organisaient une fête secrète dans les bois, et Ève n'était pas au courant.

J'avais trop hâte.

M'entraîner avec Ève tous les jours, et échouer la plupart du temps, ça commençait à me peser. Et réviser pour les examens de fin de trimestre, c'était encore pire.

Difficile de se concentrer, au lycée, alors que j'étais entourée de centaines de loups-garous en rut.

Bien sûr, les ados pensaient sans cesse au sexe. Mais la semaine passée, j'avais quand même vu des gens en train de se frotter dans les couloirs. C'était comme si la Frénésie était de retour, sauf que c'était pas possible. Elle venait de se terminer, il y avait quelques mois.

Peut-être bien que cette fête était ce dont tout le monde avait besoin. Une occasion de faire baisser la pression.

En tout cas, moi, c'est exactement ce qu'il me faut, après avoir eu Ève sur mon dos pendant tous ces entraînements…

J'ai bougé sur ma chaise pour consulter l'horloge accrochée au mur. Les secondes semblaient prendre une éternité à s'écouler.

Le prof qui nous surveillait, monsieur Bateson, était en train de classer des documents quand la proviseure adjointe, madame Pilgrim, est entrée. D'habitude, elle avait toujours l'air d'une matrone hyper coincée, mais là, ses hanches roulaient de manière séductrice à mesure que ses talons hauts claquaient sur le sol en lino. Un parfum de lotion à la vanille émanait d'elle.

Ma bouche s'est ouverte direct, et celle de monsieur Bateson a fait pareil quand il l'a aperçue.

Elle s'est penchée sur son bureau, les seins en avant, pour lui murmurer un truc à l'oreille au sujet des chaperons pour le carnaval de Lumen qui arrivait bientôt.

Il n'avait pas du tout l'air concentré sur ses mots, bien trop occupé à la reluquer de haut en bas.

Sa main s'est posée sur la taille de la proviseure adjointe et il a laissé échapper un grognement sourd. Elle a penché la tête et fait passer ses cheveux d'un côté à l'autre, avec un sourire faussement timide sur les lèvres.

Puis elle est partie, claquant des talons tout le chemin jusqu'à la porte pendant qu'il l'observait en bavant.

Bon, OK, peut-être que la Frénésie était vraiment de retour. Une deuxième en si peu de temps, c'était possible ?

La sonnerie a fini par retentir, me libérant enfin.

Alors qu'on fusait dans les couloirs, les gamins de Lumen hurlaient et braillaient quand ils ne comparaient pas leurs programmes pour le week-end. Anya et moi nous sommes arrêtées à nos casiers pour déposer des livres et en prendre d'autres.

J'ai repéré Meagan Stanley, la présidente du club de débat, appuyée contre un mur, face à nous. Son copain avait glissé une main sous sa jupe et, de son autre main, il tirait sa tête en arrière pour mieux embrasser son cou. Ses yeux étaient rivés aux miens. Elle se léchait les lèvres, doucement, comme pour m'inviter à venir participer. Son copain l'a remarqué et s'est mis à sourire.

– Anya, dépêche ! ai-je dit en détournant vite le regard.

– OK, OK, c'est bon, a-t-elle répliqué en refermant son casier.

Meagan et moi étions amies, mais pas *ce genre* d'amies.

Qu'est-ce qu'il leur arrivait, à tous, ces jours-ci ?

Alors qu'on partait, je ne pouvais pas nier que je sentais une sorte de… tension… en moi.

C'est quoi, ça, encore ?

C'était la même sensation qui se réveillait parfois quand j'étais à fond dans mon entraînement de vampire et que mes pouvoirs remontaient à la surface. C'était…

Du désir.

Raphael

Ma vie durant, j'avais combattu. Contre des adversaires, sur les champs de bataille, et contre moi-même.

Cette fois, l'affrontement aurait lieu sur les deux fronts.

En tant qu'Alpha du Millénaire – l'Alpha de tous les Alphas –, j'allais un jour diriger ma meute dans la lutte finale contre Barron Von Logia. Il était toujours là, quelque part, et représentait une menace pour tous.

Une menace pour ma fille…

J'ignorais ce qu'il planifiait, mais je n'allais pas attendre de le découvrir en me tournant les pouces.

J'allais le traquer et lui faire payer.

Mais en tant que père, en tant que compagnon d'Ève, je savais que pour l'instant, ma place était ici, à Lumen. Il me faudrait rester loin de la ligne de front pour protéger ce qui m'était le plus précieux.

Jamais je ne laisserais Ève seule à nouveau.

J'avais observé ma compagne lutter pour se réveiller avant de finalement s'asseoir dans le lit, ses longs cheveux bruns tombant en cascade le long de son dos.

Elle s'est penchée, a étiré son dos, puis elle a remonté sa culotte le long de ses jambes, laissant glisser le drap derrière elle. Ses bras sont passés à travers les bretelles de son soutien-gorge avant que ses mains ne viennent le clipser dans son dos. Ses omoplates poussaient contre les muscles de son dos, la lumière venant frapper les cicatrices d'où jaillissaient parfois ses ailes.

Elle a enfilé son jean, et la simple vue de son string a fait trembler mon membre, qui semblait prêt à repartir pour un tour.

Mon Ève.

Cinq cents ans perdus à cause de souvenirs volés.

– Je vais chez les Morgan, m'a-t-elle dit en tournant son cou gracieux pour me regarder de ses yeux violets étincelants.

Ces yeux…

Ils illuminaient son visage.

Et même toute la pièce où elle se trouvait.

Elle était tellement forte, d'un seul regard, Ève pouvait me mettre au garde-à-vous.

– Pourquoi tu ne viens pas ? Je vais apprendre à Reyna à utiliser ma faux.

– Nan. C'est bon. J'ai des trucs à faire.

– Des trucs ? a-t-elle demandé, un brin sceptique.

Elle a rampé sur le lit comme un félin.

– C'est une réponse bien vague, a-t-elle déclaré en m'embrassant le cou. Tu me caches des choses, on dirait ?

Je me suis saisi d'elle et l'ai retournée sur le dos pour mieux pouvoir embrasser ses lèvres et son front.

– Jamais. Je ne veux aucune distance entre nous. Je voudrais qu'on soit toujours aussi proches que quand mes 26 centimètres sont enfoncés en toi.

Ève m'a repoussé, un sourire en coin.

– Plutôt 22…

Quand j'ai attrapé son poignet pour la rapprocher de moi, elle a feint de me résister.

– On a qu'à mesurer ?

Avant que je puisse aller plus loin, elle était déjà arrivée à la porte, aussi rapide que l'éclair. Sa vélocité de vampire me surprendrait toujours.

– Désolée, je dois vraiment l'entraîner. Mais peut-être que plus tard, j'aurai le temps pour une petite session particulière avec toi, a-t-elle lancé, un brin provocatrice, en sortant de la pièce.

Tu peux compter là-dessus.

Après son départ, j'ai attrapé mon téléphone...

Raphael : Tu l'as trouvé ?
Killian : Non, pas d'infos sur Barron pour l'instant.
Killian : Mais on murmure qu'il est en train de se constituer une armée.
Raphael : Une armée ? Pour quoi faire ?
Killian : Je ne suis même pas sûr que ce soit vrai.
Killian : Il s'est montré très discret.
Killian : Il ne laisse aucune trace derrière lui.
Raphael : Tu as des pistes ?
Killian : Peut-être...
Killian : Je me rends à Kiev.
Raphael : Ne le lâche pas !
Raphael : Et tiens-moi au courant.

Alors que je reposais mon téléphone, j'ai enfoncé mes griffes dans les oreillers en plume d'oie. Si les rumeurs disaient vrai, Barron Von Logia préparait un gros coup.

J'allais devoir être prêt.

Reyna

J'ai garé ma Jeep au centre d'une clairière brumeuse, près de l'endroit où avait lieu la soirée, et j'ai remonté les vitres.

– On est arrivées, ai-je annoncé, sentant l'excitation pétiller au creux de mon ventre.

J'avais jamais trop fréquenté les fêtes, mais ces derniers temps, on m'invitait partout. Difficile de rester invisible dans un lycée où tout le monde voulait me voir ou être vu avec moi.

L'héritière de la fortune des Morgan.

Anya adorait être au centre de l'attention. C'était une seconde nature, chez elle.

Elle a hoché la tête en mâchouillant son chewing-gum. Avec son haut rose, elle avait l'air d'une vraie princesse.

– Que la fête commence !

Soudain, on a entendu du grabuge sur la banquette arrière, et une tête pleine de cheveux emmêlés a surgi de sous une pile de couvertures.

– Snow ! avons-nous crié en chœur.

Un sourire innocent aux lèvres, elle nous a regardées.

– Petite chipie ! Ta mère va me tuer ! ai-je lancé, mon excitation se transformant en anxiété.

– Pas tuer, a affirmé Snow en fronçant les sourcils.

Je me suis frotté le front. Je ne pouvais pas lui reprocher d'avoir envie de sortir un peu plus, après avoir été gardée captive pendant cinq cents ans…

Sauf qu'elle n'avait pas les mêmes capacités que la majorité des gamines de quatorze ans, et j'avais aucune envie de jouer les baby-sitters.

Je me suis tournée vers Anya :

– Il faut qu'on la ramène.

– Rey, c'est hors de question qu'on loupe cette soirée, a couiné Anya. Allez, juste une heure. Ça va aller !

En soupirant, j'ai décidé qu'il serait plus simple de céder que d'argumenter.

– Tu restes dans la voiture ! ai-je dit à Snow. Et tu verrouilles bien les portes, compris ?

Elle a hoché la tête, même si elle n'avait pas l'air ravie.

Quand on est sorties, elle a fermé derrière nous, et j'ai laissé l'excitation de cette soirée prendre le pas sur mes inquiétudes.

Nous avons entendu des voix s'élever dans l'air frais de la nuit et nous avons descendu une petite pente couverte de feuilles mortes.

– Jed sera là ? a demandé Anya.

– J'en sais rien, ai-je répondu, même si j'espérais que ce soit le cas.

– Bizarre, j'ai l'impression que vous parlez tout le temps, a dit Anya avec un petit sourire en coin.

En vérité, Jed était débordé par les affaires des loups du Millénaire. On s'était rapprochés il y a un moment, mais maintenant, nous étions justes amis.

Il n'avait jamais été très convaincu par l'idée d'avoir une petite amie officielle, et il n'en avait pas le temps, de toute façon. Ce qui m'allait très bien parce que je le voyais plus comme un frère. Ou peut-être un cousin.

Un cousin à qui j'aurais roulé des pelles.

– C'est pas ce que tu crois, Anya, ai-je dit, un peu sur la défensive.

– Bien sûûûr, a-t-elle répliqué en souriant.

Ma sœur pouvait bien penser ce qu'elle voulait. Jed et moi, on n'était carrément pas ensemble.

On est entrées dans une clairière où les gens buvaient et dansaient autour d'un feu. Et Jed était là. Il s'est retourné, comme s'il avait senti qu'on arrivait. Son visage était illuminé par les flammes et il nous a fait signe.

Il n'était pas du tout transformé en loup, mais son expression enjouée m'a fait m'imaginer une queue qui battait entre ses jambes.

– Je suis surprise que tu sois là, ai-je lancé en le serrant amicalement contre moi.

– Les Delta ont besoin de décompresser, eux aussi, a-t-il répondu avec un grand sourire.

Quelqu'un a monté le volume de la musique et un couple, près de nous, a commencé à se tripoter. J'ai détourné la tête, soudain gênée.

– Comment ça se passe avec les loups du Millénaire, d'ailleurs ? ai-je demandé, en essayant d'éviter de regarder le couple en pleins ébats, qui me bousculait tout en haletant et en grognant.

– La Maison de la Meute est sens dessus dessous, a répondu Jed en s'approchant de moi. Gabriel a emmené avec lui la moitié de la meute de la côte Ouest pour pourchasser les Chasseurs Divins, ce qui signifie qu'il nous incombe à Raphael et à nous de veiller sur Lumen. C'est assez stressant.

– Le lycée, c'est l'enfer aussi, ai-je affirmé. On dirait que tout le monde prend de la drogue, ces jours-ci.

Un autre couple a commencé à s'arracher ses vêtements et quelqu'un a hurlé : « baise-moi ! » avant de tomber dans les fourrés.

– Beurk. C'est comme si la Frénésie était de retour, ai-je déclaré alors qu'une sensation bizarre s'emparait de moi.

Avant que Jed ait pu répondre, on a remarqué une lumière bleutée qui s'élevait au-dessus de la canopée.

C'est pas la lumière de la lune… qu'est-ce que c'est ?

Un hurlement a soudain transpercé les bruits mats de la fête. Tout le monde s'est figé.

– Reyna, regarde ! s'est exclamée Anya en pointant du doigt ma voiture, en haut de la colline.

La portière était ouverte, les lumières étaient allumées et les sièges étaient vides.

– Snow… ai-je murmuré.

J'ai attrapé la main de Jed et nous nous sommes précipités vers l'endroit d'où provenait le hurlement.

Quand nous sommes arrivés près de la jetée, un groupe de gens étaient déjà rassemblés, la plupart d'entre eux étaient à moitié habillés. Il y avait des seins nus, des fesses aussi et un tas de biceps exposés aux rayons de la lune.

Alors que je me frayais un chemin dans la foule, j'ai écarquillé les yeux avec horreur en découvrant la scène.

Snow.

Elle tenait ses genoux, se balançant d'avant en arrière, une expression neutre sur le visage.

Près d'elle gisait Meagan Stanley, du club de débat. Ses longs cheveux blonds étaient tachés de sang. Ses jambes, celles que son copain avait caressées il y avait quelques heures seulement, étaient disposées dans des angles loin d'être naturels.

Sa tête était séparée de son cou.

Snow répétait deux mots en boucle, encore et encore, et continuait de se balancer.

– Pas tuer.

Ses yeux se sont mis à briller de rage et tout son corps à trembler.

– Putain, vous êtes OÙ ?

***

On s'est garés à côté de la voiture de Reyna. Les pneus de ma Jeep ont projeté de la poussière et des graviers.

Sans fermer nos portières, nous avons dévalé la colline jusque dans la forêt.

D'abord, j'ai senti l'odeur du sang. Puis j'ai repéré le cercle de curieux, dont faisaient partie plusieurs des loups du Millénaire.

– DÉGAGEZ ! ai-je rugi, mes yeux cherchant frénétiquement Snow.

Alors que la foule se poussait, j'ai repéré Reyna assise sur le sol, tenant ma fille dans ses bras.

Près d'elles se trouvait le cadavre d'une jeune fille d'à peu près l'âge de Reyna. Sa tête était détachée du reste de son corps. Il y avait du sang partout.

Ève s'est précipitée devant moi pour serrer Snow contre elle.

– Dis-moi ce qui s'est passé ! Qui a fait ça ? a crié Ève, en lançant un regard accusateur à Reyna.

Snow est restée silencieuse, et l'attention de tous s'est tournée vers moi comme si chacun venait seulement de réaliser qu'ils étaient en présence de l'Alpha du Millénaire.

– Que quelqu'un réponde ! ai-je tonné. Qui a fait ça ?

La voix de Reyna était brisée quand elle a relevé les yeux et pris la parole :

– Personne n'a vu. Personne à part... Snow.

Ève

De la tension flottait dans l'air, le matin suivant, quand je suis arrivée à l'entraînement, Reyna a évité mon regard.

La veille, tout ce qui m'avait importé, c'était de ramener Snow en sécurité à la maison.

Ce matin, c'était une autre histoire.

Je voulais des réponses.

– Tu as l'air un peu patraque, ai-je lancé à Reyna qui déposait son sac de sport sur le sol. Mettre ma fille en danger t'a épuisée à ce point ?

Reyna n'a rien répondu, ce qui m'a énervée encore plus.

Je t'ai posé une question, ai-je insisté, cette fois télépathiquement.

Ses yeux se sont braqués sur moi.

– Ève, je te l'ai déjà dit... je savais pas que Snow était dans la voiture.

– Tu aurais dû la ramener *immédiatement*, ai-je fulminé.

– C'est vrai, j'aurais dû. Mais parfois, on fait des erreurs dans la vie. Je ne suis qu'humaine, après tout !

– Sauf que non, justement ! ai-je hurlé. Et Snow n'est pas plus humaine que toi. Aucune tolérance pour vos gamineries ! Et si quelque chose de grave était arrivé ?

Reyna a secoué la tête.

– Quelque chose de grave *est* arrivé, Ève ! Tu as oublié qu'une fille s'est fait décapiter ? C'était mon *amie* !

Les ados et leurs sautes d'humeur...

– Bon, si tu es en mode hyperémotive...

– Ne viens pas me parler d'émotions ! a craché Reyna. Tu es la personne la moins sensible que je connaisse !

Une partie de moi l'a pris comme un compliment, mais je savais, au fond, qu'elle essayait de me heurter.

– Calme-toi, Reyna. C'est une session d'entraînement, pas une séance de thérapie, ai-je dit, en sentant la migraine arriver.

Reyna m'a toisée en récupérant son sac.

– Tu as vraiment un putain de cœur de pierre, Ève, j'espère que c'est pas héréditaire...

Au moment où elle a claqué la porte, j'ai senti un certain malaise s'insinuer en moi. Son dernier commentaire avait fait mouche. Que voulait-elle dire ? Je manquais d'empathie, c'était certain, mais sous-entendait-elle que c'était le cas de Snow aussi ?

La vision de ma fille assise stoïquement à côté du cadavre décapité m'est apparue.

Mes pensées devenaient de plus en plus noires, heureusement, mon téléphone les a interrompues en vibrant.

Kimbringe : Ève, j'imagine que tu te portes bien ?
Ève : Ouais.
Ève : La maternité, c'est pas du gâteau.
Ève : Ça fait longtemps que je n'avais pas eu de nouvelles.
Ève : Tu dois vouloir quelque chose.
Ève : Ou avoir des « nouvelles sombres » à m'annoncer.
Kimbringe : Ce n'est pas aussi manichéen cette fois-ci...
Ève : Alors quoi ?
Kimbringe : Quelque chose d'étrange est en train d'arriver à Lumen.
Kimbringe : Non seulement je le sens flotter dans l'air...
Kimbringe : mais je le ressens dans l'intégralité de mon être Divin.
Ève : Moi aussi, je sens quelque chose.
Ève : Tu ne sais pas ce que ça peut être ?
Kimbringe : Pas encore.
Kimbringe : Mais je suis en route pour Lumen.
Kimbringe : Tout va bien avec Snow ?
Ève : Pourquoi tu demandes ça ?
Kimbringe : Surveille-la, Ève.
Kimbringe : Surveille-la bien.

Raphael

Gabriel étant parti en mission pour localiser et combattre les Chasseurs Divins, qui menaçaient notre espèce, j'avais dû prendre son rôle dans la gestion de Lumen et de ses résidents.

En vérité, je n'avais accepté que pour rester proche d'Ève et de Snow.

Mais maintenant, je faisais face aux véritables implications de ce mandat. La sécurité de la ville était entre mes mains. Une ado avait été assassinée, hier soir. Et le tueur courait toujours. Pire encore, ma propre fille était apparemment la seule témoin, et elle ne parlait pas. Elle n'était déjà pas bavarde d'ordinaire, mais là…

J'étais dans la merde jusqu'au cou.

En tant qu'Alpha du Millénaire, normalement, je ne m'occupais que des affaires globales, je gérais tout le royaume des loups-garous. Ces aléas quotidiens, c'était nouveau pour moi. S'il y avait un problème à Lumen, cela devenait mon problème.

Soudain, Ève est entrée sans prévenir dans mon bureau, l'air agitée.

– Raphael, il faut qu'on parle.

Super, plus d'emmerdes…

Avant que j'aie pu répondre, mon téléphone s'est mis à sonner. J'ai poussé une pile de documents sur le côté pour essayer de le retrouver dans tout ce bordel.

– Oui, ai-je dit en décrochant. Qu'y a-t-il ?

Ève m'a lancé un regard interrogateur en remarquant mon expression.

– Encore ? Où ça ? D'accord. J'arrive tout de suite.

J'ai raccroché, et Ève s'est approchée du bureau.

– C'était qui ?

– Shade. Il dit qu'un autre corps a été retrouvé, ai-je répondu en me massant les tempes.

Ève a eu l'air plus affectée que ce à quoi je me serais attendu. Ce genre de truc ne la touchait pas, généralement.

– Même mode opératoire que la dernière fois ? m'a-t-elle demandé.

– Ouais. La tête détachée du corps. Vidé de son sang, aussi.

La peau déjà pâle d'Ève est devenue encore plus blanche.

– Tu voulais me parler de quelque chose ? ai-je ajouté, inquiet.

– Non, a-t-elle répondu vivement. Tout va bien.

Ève

Je suis restée et Raphael est parti pour la scène de crime.

Il fallait que je sois seule. Je devais réfléchir. Si ce que je pensais était bien vrai… Raphael ne devait pas le savoir.

J'étais complètement irrationnelle. C'était impossible qu'elle soit responsable. Mais l'était-ce vraiment ?

Son comportement était imprévisible, et elle ne savait pas faire la différence entre le bien et le mal. Son cerveau était celui d'un enfant, mais son apparence celle d'une ado de quatorze ans.

Mais bon, on parlait de meurtres, là.

Alors que je faisais les cent pas dans ma chambre, j'ai vu la tête de Snow apparaître dans l'embrasure de la porte. Quand je l'ai remarquée, elle l'a aussitôt claquée.

– Snow, qu'est-ce que tu fabriques ? lui ai-je demandé en allant dans le couloir, refermant la porte derrière moi.

En lâchant la poignée de porte, j'ai senti que mes doigts étaient poisseux. J'ai baissé les yeux vers ma fille, qui se tenait debout non loin, me montrant ses mains.

Elles étaient couvertes de sang.

ÉPISODE 3

FAUX INVITÉS

Ève

J'ai frotté les mains de Snow dans le lavabo en porcelaine blanche des toilettes pour femmes. L'eau rougeâtre a tourbillonné jusque dans le siphon.

Seule ma volonté empêchait mes mains de trembler.

Est-ce Snow qui tue ces ados ?

Ses pouvoirs sont-ils hors de contrôle ?

Manque-t-elle d'empathie… comme sa mère ?

Peut-être que Reyna avait raison. Peut-être que la pomme n'était pas tombée très loin de l'arbre.

La violence et la mort faisaient partie de mon ADN. Était-ce si fou de penser que ma fille pouvait, elle aussi, se révéler être une tueuse ?

Elle était une hybridation unique – vampire, loup-garou et ensorceleuse. Combinez ça avec le fait d'avoir été maintenue captive pendant cinq cents ans par une Divinité maléfique ? C'était la recette parfaite pour obtenir une serial killeuse.

Quand les mains de Snow ont finalement été propres, je me suis agenouillée et je lui ai parlé avec précaution.

– Snow… as-tu… as-tu fait du mal à quelqu'un ?

– Pas tuer ! a-t-elle répondu en secouant la tête avec énergie.

Elle n'avait clairement pas l'air d'une tueuse mais, mieux que personne, je savais qu'il ne fallait pas se fier aux apparences.

J'ai tenu le visage de ma fille entre mes mains et je me suis penchée en avant pour lui embrasser le front. C'était ma mission de la protéger. Mais pourrais-je protéger le monde de ma propre fille ?

– Il faut que tu me le promettes. Si tu sens l'envie de faire du mal à quelqu'un, tu dois venir me voir en premier. Je peux t'aider à contrôler tes pouvoirs, lui ai-je dit en la regardant dans les yeux.

Ils étaient remplis de douleur, elle a à nouveau hoché la tête en disant plus fort :

– Pas tuer !

J'ai senti la pièce gronder, le lavabo s'est fissuré, laissant couler de l'eau sur le carrelage en marbre.

C'est Snow qui a fait ça ?

Elle m'a enveloppée de ses bras et a enfoui sa tête contre mon épaule. J'ignorais ce qui se passait avec ma fille, mais je savais une chose.

Tueuse ou pas… Jamais je ne la laisserais tomber.

Reyna

Dans les films d'horreur, les nuits de pleine lune étaient toujours synonymes d'événements étranges. Mais heureusement, ce n'était pas le cas à Lumen. Une pleine lune, ici, ne voulait dire qu'une seule chose… Une excuse supplémentaire pour faire la fête.

Mais je n'avais pas le temps, avec mes révisions. Sans compter les meurtres. Et le retour imprévu de la Frénésie.

J'avais l'impression que personne n'y faisait gaffe sauf moi.

– Alleeeeez, Reyna ! Fais pas ta poule mouillée ! s'est écriée Anya en chouinant. C'est juste une petite soirée.

– Non, ai-je répondu avec fermeté. Avec tout ce qui se passe ces derniers temps, ce n'est pas une bonne idée.

– On n'est jeunes et populaires qu'une fois dans sa vie ! m'a-t-elle répondu, exaspérée. C'est comme un rite de passage.

– Anya, je t'ai dit que...

– Chhhh, il arrive ! m'a interrompue Anya quand notre père est entré dans le salon.

– Très bien, les filles, je suis prêt et mon taxi arrive dans une minute, a-t-il dit avec enthousiasme. De quoi vous parliez ?

– De combien tu vas nous manquer ! s'est exclamée Anya en me lançant un regard m'intimant de ne pas ouvrir la bouche.

Papa aussi avait l'air tout à fait satisfait d'ignorer tout ce qui se passait en ville. Il avait décidé de prendre part à une croisière pour célibataires, laissant ses deux filles adolescentes sans supervision dans le manoir dans lequel il nous avait fait déménager après que notre précédent logement avait brûlé.

Heureux sont les ignorants, j'imagine.

– Ève sera là si vous avez besoin de quoi que ce soit, mais je vous laisse aussi une carte de crédit, en cas d'urgence, a indiqué papa en prenant sa valise en main.

Les yeux d'Anya se sont mis à étinceler quand elle a entendu les mots « carte de crédit ».

Il nous a embrassées toutes les deux sur les joues et a fait rouler sa valise jusqu'à la porte d'entrée.

– Je vous aime, on se voit bientôt. Cap sur les Caraïbes !

– Youh ! a lancé Anya en imitant un pirate.

Dès que la porte a claqué, elle m'a regardée avec un sourire en coin.

– Tout ça m'a donné envie d'une bonne bouteille de rhum. Allons piller le bar !

Je me suis frappé le front.

– Anya, pour la dernière fois, je ne vais pas te suivre là-dedans. On ne peut pas organiser de fête.

– Donne-moi une seule bonne raison.

– Déjà, le couvre-feu que Raphael a mis en place ? Même Jed doit patrouiller pour s'assurer que personne n'est dehors le soir.

– Euh… Reyna, on est des ados… C'est notre rôle de braver les couvre-feux, a argué Anya en levant les yeux au ciel. Depuis quand est-ce que tu respectes les règles ?

Même si je détestais l'admettre, elle commençait à m'avoir à l'usure. Je pensais toujours que c'était une très mauvaise idée, mais j'avais conscience de réagir comme une meuf coincée, et c'était la dernière chose que j'avais envie d'être.

Elle me connaît vraiment trop bien…

– On doit absolument s'assurer que la maison est sécurisée à fond, ai-je dit en le regrettant aussitôt.

Le visage d'Anya s'est aussitôt illuminé quand elle s'est rendu compte que je cédais.

– Allez, Reyna. Qu'y a-t-il de plus sûr que d'avoir tous les lycéens de Lumen réunis sous un même toit ?

Oh, là là, un vrai désastre en perspective…

Ève

Quand j'ai vérifié que Snow allait bien pour la troisième fois en un quart d'heure, il était 22 h. Elle était profondément endormie dans son lit, sa respiration douce et apaisée.

Je refusais de m'éloigner d'elle mais, en même temps, il m'était impossible de la surveiller à chaque seconde. C'est pourquoi j'étais si soulagée de la voir dormir profondément.

Les pensées horribles concernant les potentiels penchants meurtriers de ma fille m'avaient torturée toute la journée. C'était encore plus difficile d'éviter Raphael, qui menait l'enquête sur les meurtres que notre fille avait peut-être commis.

De retour dans notre chambre, j'ai fermé la porte derrière moi et remarqué le regard affamé que me lançait mon compagnon.

– Alors, tu as des pistes ? ai-je demandé, essayant de garder un ton neutre tout en m'asseyant sur le lit.

– Aucune, a-t-il répondu, visiblement frustré. Que des impasses…

Mon cœur a sombré. J'aurais aimé qu'ils aient découvert quelque chose qui disculperait à coup sûr notre fille.

En parlant de Snow, je me suis dit que je ferais mieux d'aller vérifier comment elle allait. Alors que je me levais, Raphael m'a attrapée par le poignet et m'a attirée sur ses genoux.

– Tu vas où ? m'a-t-il demandé avec un grognement qui a suffi à me faire mouiller.

Soudain, avec force, il m'a fait me retourner pour que mon dos se retrouve plaqué contre sa poitrine. Il m'a tenue contre lui, une main sur ma taille et l'autre s'aventurant vers mon entrejambe à travers les pans de mon peignoir.

– J'ai eu une journée stressante. J'ai bien besoin de me détendre, m'a-t-il murmuré à l'oreille.

J'ai penché ma tête en arrière pour atteindre ses lèvres et nous avons partagé un long baiser profond. Sa main a écarté ma culotte pour qu'il puisse plonger ses doigts en moi, son corps supportant tout mon poids.

– Penche-toi.

Tout mon corps frémissait sous ses caresses, et une sensation familière m'enveloppait.

Je le voulais plus que tout.

Un feu brûlait en moi.

Un feu que seul mon compagnon pouvait éteindre.

Était-ce…

… la Frénésie ?

Impossible. La saison était terminée.

Je n'ai pas eu le temps de trouver un sens à tout cela car j'ai senti le sexe de Raphael se glisser sous le tissu de mon peignoir. Quand il a commencé à le frotter contre mes lèvres, j'ai frissonné.

Je voulais qu'il apaise cette chaleur en moi.

Je voulais qu'il satisfasse tous mes désirs.

Je voulais qu'il me baise de toutes ses forces.

Gentiment, doucement, il m'a pénétrée. Je me suis pressée contre lui. Il a poussé si fort que des larmes me sont montées aux yeux.

De haut en bas, encore et encore, ses va-et-vient ont expulsé chaque pensée rationnelle de ma tête.

Tout ce qu'il restait, c'était la Frénésie.

Alors que Raphael me remplissait, j'avais comme l'impression que je ne serais jamais satisfaite.

J'en voulais plus. J'avais besoin de plus.

Quand j'ai placé mes mains sur ses jambes et que j'ai commencé à bouger avec rapidité et force, il a grogné.

– Putain de merde, c'est trop bon ! s'est-il exclamé, d'une voix teintée d'extase.

Il n'avait pas tort. Tout ce plaisir, c'était presque insupportable. Si bon que j'en ai oublié le reste du monde. J'en ai oublié une chose importante… Quelqu'un que je devais surveiller…

Reyna

Anya ne plaisantait pas quant à réunir tout le lycée sous le même toit. Je me suis frayé un chemin dans la cuisine bondée, essayant de rejoindre Anya.

– Hé, sœurette ! Je t'ai préparé un verre, a-t-elle crié, un peu éméchée.

Quand j'ai réussi à arriver à sa hauteur, je le lui ai pris des mains et l'ai avalé d'un coup.

– Merci, j'en avais bien besoin.

J'ai remarqué la silhouette longue et élancée d'un garçon blond aux cheveux ondulés qui me regardait depuis l'autre côté de l'îlot de la cuisine. Il m'a adressé un clin d'œil, dévoilant un sourire éclatant.

– Verse-m'en un autre, ai-je demandé, me sentant soudain nerveuse.

En fait, il y avait des masses de jolis garçons à cette fête. Pour une raison qui m'échappait, ils semblaient tous intéressés par moi.

– Va lui parler, m'a encouragée Anya en me donnant un coup de coude.

Rien n'échappait à son regard d'aigle. Elle n'avait peut-être pas le gène du vampirisme, comme moi, mais elle avait des super-pouvoirs bien à elle.

– C'est la star de l'équipe de basket, a indiqué Anya tandis que j'avalais cul sec mon deuxième verre.

– Oh, là là, le cliché du loup ado athlète… non merci, ai-je répliqué en m'appuyant contre le comptoir. Donne-moi un loup-garou qui sait réciter de la poésie ou jouer d'un instrument.

Anya m'a jeté un regard d'incompréhension.

– Parfois, je me dis que t'es irrécupérable, Rey.

J'ai jeté un coup d'œil au mec, il fallait bien admettre qu'il était sexy de ouf.

J'ai plissé les yeux en remarquant quelque chose à l'extérieur. Ou plutôt… quelqu'un.

Non, impossible…

Je me suis précipitée vers la fenêtre et j'ai observé au-dehors, mais il n'y avait personne. C'était mon imagination ? Ou j'avais bien vu…

Snow ?

ÉPISODE 4

INATTENDU

Reyna

Est-ce que mes yeux m'avaient trompée ?

J'espère bien que oui, putain !

Hors de question que je m'attire à nouveau les foudres d'Ève. Notre relation était toujours tendue depuis la dernière soirée où Snow s'était incrustée. Mais ce qui m'inquiétait le plus, c'était le danger pour elle et pour tout le reste des invités, d'ailleurs, de se promener seuls à Lumen avec un tueur dans les rues.

J'ai ouvert la porte d'entrée pour jeter un œil dehors, mais aucun signe de Snow.

– Tu essaies de t'enfuir de ta propre fête ? a demandé la voix grave de quelqu'un qui était tout contre moi.

J'ai sursauté et fait volte-face pour voir le mec sexy de la cuisine me sourire, l'air fier de lui.

– Euh… non, j'ai juste vu… Non mais, oublie, ai-je répondu en refermant la porte.

– Tant mieux parce que j'ai envie de te parler depuis le début de la soirée, a-t-il affirmé en s'appuyant contre le mur, encadrant ma tête de ses bras.

– Ah… ah ouais ?

– Bien sûr, qui ne voudrait pas apprendre à connaître une fille comme toi ?

Ses yeux brillaient quand il s'est penché vers moi. Je me suis baissée pour m'extirper de là, contente de pouvoir enfin mieux respirer.

– Et quel genre de fille je suis, selon toi ? ai-je demandé, méfiante.

– Une meuf trop cool pour moi, a-t-il déclaré en s'asseyant sur le canapé et en m'attirant à ses côtés.

Ce mec ne perdait pas de temps. C'était un sacré séducteur. C'est pourquoi je devais remettre en question tout ce qui pouvait sortir de sa bouche.

Il a attrapé une bouteille de vin et en a versé dans un gobelet.

– J'espère que t'aimes le rouge.

– Tu es vraiment un beau parleur, toi, mais… attends, c'est quoi ton nom ? ai-je demandé, réalisant que j'étais déjà un peu pompette.

– Lucas, a-t-il répondu en me prenant la main et en la caressant. Je sais déjà qui tu es, Reyna. C'est ta fête, après tout.

– C'est plus la fête de ma sœur, en fait, ai-je précisé en buvant mon vin. Les grosses soirées, c'est pas mon genre…

– Ouais, pareil, a-t-il affirmé.

Sa main se baladait déjà sur ma cuisse.

C'est ça, oui. Ce type n'a pas dû louper une seule fête depuis qu'il est sorti de l'utérus de sa mère…

Poliment, j'ai repoussé sa main, même si la sensation m'avait un peu excitée.

– Tu veux pas qu'on se trouve un coin au calme… un peu plus *intime* ? a-t-il proposé, son bras passé autour de mes épaules.

J'ignorais si c'était parce que j'étais vierge ou parce que ce type semblait particulièrement faux, mais je n'étais pas certaine d'avoir envie de partager quelque chose d'*intime* avec lui.

Mon regard s'est posé à l'autre bout de la pièce où Anya était debout entre deux mecs, flirtant comme si c'était sa seconde nature. C'était si facile, pour elle. Elle, l'extravertie, ne laissait jamais rien l'empêcher de faire ce qu'elle voulait.

Alors pourquoi est-ce que je me retenais ? J'attendais quoi, au juste ?

Lucas était plus que sexy…

Quand sa main est revenue se poser sur ma cuisse, je ne l'ai pas repoussée. En fait, j'ai même pris l'initiative de lui caresser le biceps.

– Alors, euh… le basket ? Vous vous transformez quand vous jouez ou bien…

Lucas a éclaté de rire et s'est mis debout, m'attirant derrière lui.

– Allons trouver une chambre vide.

La baraque était gigantesque, alors ça ne manquait pas. On est montés à l'étage et on s'est engouffrés dans la première pièce qu'on a trouvée. Il m'a poussée à l'intérieur, puis contre le mur, enfonçant sa langue dans ma bouche.

C'était loin d'être le meilleur baiser du monde, mais je n'en avais pas vécu tant que ça non plus…

La lumière de la lune s'insinuait entre les rideaux. J'ai observé les muscles ciselés de Lucas, en transparence, sous son tee-shirt blanc.

Il haletait en retirant son haut, plaquant ma main sur ses propres abdos. Puis il l'a fait glisser vers le bas, le long de son ventre, jusqu'à l'énorme bosse dans son pantalon. Il était déjà en érection.

Je me suis demandé s'il était si excité parce que c'était typique des jeunes loups-garous ou en raison de cette Frénésie cheloue et inattendue.

La façon dont il me dévorait du regard et me touchait avec tant d'avidité me faisait pencher pour la seconde solution. Mais quand il s'est mis à me caresser les tétons, mon cheminement de pensée a soudain déraillé… D'un coup, sa main était sous ma jupe, entre mes jambes.

J'ai poussé un petit cri quand ses doigts se sont pressés contre moi et qu'il a commencé à vouloir m'enlever ma culotte.

– Lucas, attends…

Je commençais à avoir des remords.

– Reyna, fais pas ton allumeuse. Je suis excité comme jamais. C'est à cause de la pleine lune ou un truc du genre parce que, là, il *faut* que je te prenne, a-t-il dit en m'agrippant plus fort.

Alors il ressent bien quelque chose d'anormal…

– C'est juste que… je ne pense pas être prête pour ça, ai-je répondu, nerveuse.

– Oh, t'es vierge ? C'est pas un problème, a-t-il répliqué avec un grand sourire. Je vais t'initier.

Normalement, ses mots m'auraient révulsée, mais j'étais moi-même dans un état bizarre.

Est-ce que les demi-vampires sont frappés par la Frénésie ?

Avant que j'aie pu digérer cette pensée, il s'est agenouillé et s'est mis à m'embrasser juste sous le nombril. Il m'a poussée sur le lit et je l'ai laissé faire glisser ma culotte jusque sur mes chevilles.

Je me sentais exposée, et l'air frais me rendait à la fois mal à l'aise et excitée. Alors que ses lèvres descendaient le long de mon corps, je sentais sa langue parcourir chaque centimètre de ma peau.

Oh, mon Dieu, c'est si doux et chaud.

Je me suis agrippée à ses cheveux, ne parvenant pas à décider si je voulais le maintenir contre moi ou le repousser.

C'est si bon…

Cependant, quand Lucas a dézippé son pantalon et a grimpé sur moi, j'ai soudain eu la réponse que je cherchais.

– Lucas, arrête, ai-je dit alors qu'il m'embrassait le cou, sans m'écouter. Je t'ai dit d'arrêter !

Je l'ai repoussé vivement et il a dégringolé sur le sol, l'air désorienté.

C'est l'entraînement avec Ève qui paie !

– Pas besoin de faire ta connasse frigide.

Si c'est une connasse qu'il veut, je vais lui en montrer une.

J'étais prête à m'en prendre à lui physiquement quand...

BOUM !

Un énorme bruit est venu d'en bas, suivi de plusieurs cris qui m'ont fait frissonner. Quelque chose s'était écroulé sur le sol sous mes pieds.

– STOP ! S'IL TE PLAÎT ! ai-je entendu Anya crier.

J'ai remonté ma culotte, dépassé Lucas et me suis précipitée dans les escaliers, dévalant les marches quatre à quatre. Quand je suis arrivée en bas, j'ai aperçu Snow au milieu du salon, la tête entre les mains. Sauf que ce n'était plus vraiment un salon...

C'était une morgue.

Deux corps étaient étendus de chaque côté de Snow, tous les deux éviscérés, leurs boyaux sortant de toutes parts.

Lucas est arrivé en courant derrière moi. Il s'est transformé et son loup féroce s'est élancé vers Snow...

– NOOOOOOOON ! ai-je hurlé.

SLASH !

Alors qu'il n'avait pas encore touché terre, le ventre de Lucas s'est ouvert en deux. Une pluie de sang et de viscères s'est abattue sur toute la pièce.

J'ai couvert ma bouche, éprouvant à la fois de l'horreur et du dégoût, effrayée par cette violence absolument insupportable.

– Snow, je t'en prie, ne fais pas ça ! a crié Anya, les joues couvertes de larmes.

Snow est restée assise au milieu de la pièce, la tête entre les mains, entourée par tout ce carnage. Ses pouvoirs semblaient hors de contrôle.

Anya a soudain été soulevée par une force invisible et balancée à l'autre bout du salon.

– SNOW, ARRÊTE ! ai-je hurlé en courant vers elle.

La tête de Snow s'est redressée d'un coup. Elle avait l'air horrifiée en regardant Anya... sauf que ce n'était pas vers Snow que ma sœur était attirée.

– NON ! PAS TUER ! a crié Snow alors que ses yeux s'illuminaient.

Anya lévitait, cherchant à libérer son cou comme si on l'étranglait.

Snow a claqué dans ses mains et une vague de lumière est partie de son corps pour se propager dans toute la maison. Les ampoules se sont fissurées, mais la lumière émise par le corps de Snow était aveuglante. Alors que son rayon diminuait d'intensité et que le calme revenait, Anya est tombée sur le sol, luttant pour reprendre sa respiration.

C'est là que j'ai compris ce qui se tramait vraiment derrière tous ces meurtres. La lumière de la lune éclairait un homme pâle aux cheveux noirs et durs et aux crocs acérés sortant de sa bouche ensanglantée.

Un vampyre !

Il disposait d'un pouvoir de dissimulation semblable à celui d'Ève, et Snow l'avait révélé. Du sang lui coulait du menton alors qu'il me menaçait de ses crocs.

– À qui le tour ? a-t-il demandé en se léchant les lèvres et en agitant sa langue dans ma direction. Ma soif de sang ne saurait être satisfaite ! J'en veux plus ! PLUS !

Il avait l'air absolument dément.

J'en savais peu au sujet des vampyres, mais ça n'avait pas l'air normal. Il était imprévisible, détraqué, insatiable...

Était-ce dû à la Frénésie ? De la même façon qu'elle poussait les loups-garous à vouloir toujours plus de sexe, elle rendait les vampyres assoiffés de sang ? Sauf que ce n'était pas une Frénésie habituelle. La Frénésie amplifiait les choses, certes, mais elle ne provoquait pas des meurtres en série d'adolescents.

L'ALPHA DU MILLÉNAIRE

– Je dois déchirer quelqu'un en deux avec mes crocs ! a crié le vampyre, me dévorant du regard.

Son corps entier tremblait quand il s'est dirigé vers moi. Ce vampyre Frénétique avait une soif inextinguible de sang. Et j'avais l'air d'être tout à fait son type.

ÉPISODE 5

MATERNITÉ

Reyna

Le vampyre assoiffé de sang avait les yeux rivés sur moi. Tous les invités se cachaient derrière le peu de meubles qu'on avait. J'ai soudain souhaité que papa n'ait pas repoussé notre virée chez Ikea. Quelques-uns des mecs grognaient, leurs yeux brillant d'une lueur dorée, verte ou rouge. Ils étaient prêts à se transformer, mais personne n'osait passer à l'action après ce qui était arrivé à Lucas.

J'étais immobilisée par la peur, le vampyre se rapprochait.

Bouge, Reyna ! Bouge !

Mais mon corps refusait d'écouter mon esprit.

– Reyna, cours ! a crié Anya.

– Je suis sûr que tu as bon goût, a-t-il raillé en se léchant les lèvres. Si jeune, si fraîche…

Snow a soudain bondi entre nous et tendu les bras.

Le vampyre s'est moqué.

– Ah, la petite ampoule. J'imagine que tu feras un bon snack avant le plat de résistance…

BAM !

La porte d'entrée s'est ouverte à la volée sous le coup d'une botte de combat.

– Ève ! ai-je hurlé, retrouvant mes sensations.

J'ai attrapé Snow et nous avons plongé derrière un canapé. Le regard du vampyre s'est focalisé sur Ève.

– T'es qui toi, bordel ? J'ai pas commandé de dessert !

– Éloigne-toi de ma fille, putain ! a crié Ève en prenant son élan pour se précipiter sur le vampyre si vite que son corps est devenu flou.

Elle l'a saisi par le cou et l'a plaqué contre le mur avec une telle force que du plâtre est tombé du plafond. Le lustre s'est mis à vaciller dangereusement. Ève était plus terrifiante que jamais. Ses cheveux se hérissaient sous l'effet d'une force magique et ses crocs étaient sortis.

L'ensorceleuse et le vampyre étaient prêts à en découdre…

Et ils n'étaient pas là pour jouer.

Ève

Mes doigts se sont refermés avec force autour du cou du vampyre qui souriait de toutes ses dents.

– Tu es l'une d'entre nous. Tu devrais comprendre ma soif, a-t-il dit.

– Je n'ai rien à voir avec toi, ai-je grogné.

Et ce n'était pas seulement une différence de « i » et de « y ».

J'avais un contrôle total sur mon désir de sang. Ce vampyre, de son côté, était totalement imprévisible et dérangé.

– C'est toi qui as tué tous ces ados ? me suis-je exclamée, en serrant plus fort.

– Les loups-garous font un succulent goûter.

Une vague de soulagement s'est abattue sur moi.

Snow n'est pas la meurtrière !

C'était évidemment un bonheur pour une mère d'apprendre que sa fille n'était en fait pas une serial killeuse psychopathe.

Sauf qu'il m'en restait quand même un sur les bras.

J'ai jeté son corps sur le sol, le regardant de toute ma hauteur.

– C'était ta dernière fête, ai-je dit en ôtant ma bague et en la jetant en l'air.

J'ai attrapé le manche de ma faux et l'ai fait pivoter en un geste souple, décapitant instantanément ce putain de bâtard dont la tête a roulé au sol comme un ballon de football.

Fin du jeu, connard !

Toute l'assistance s'est doucement levée de derrière les meubles. Les jeunes étaient tous choqués de ce qu'ils venaient de vivre.

Snow s'est éloignée de Reyna pour accourir vers moi, me prenant fort dans ses bras. Je me suis agenouillée et lui ai lancé un regard noir.

– Snow, tu ne peux pas continuer à fuguer comme ça. Pourquoi es-tu venue ici ?

Elle a pointé du doigt le cadavre du vampyre, par terre. C'est ce truc qui l'avait attirée ici ? Savait-elle comment trouver le tueur, d'une façon qui m'échappait ? Comment était-ce possible ?

– Il utilisait un pouvoir de dissimulation, est intervenue Reyna en s'avançant d'un pas vers nous. Je ne sais pas comment elle s'y est prise, mais Snow a révélé sa présence.

Un autre pouvoir. Cette puberté nous réservait décidément plein de surprises...

Je me suis tournée vers Reyna et Anya qui se tenaient debout au milieu de tout ce bazar qu'elles avaient provoqué.

– La fête est finie. Puisqu'on ne peut pas vous faire confiance, vous allez venir à la Maison de la Meute jusqu'au retour de votre père.

Anya avait l'air sur le point de protester, mais Reyna l'a arrêtée.

Plus jamais je ne laisserais un de ces filles sans surveillance.

Comme Kimbringe l'avait dit, quelque chose d'étrange se passait à Lumen… Quelque chose qui nous affectait tous.

***

Raphael et moi nous sommes assis près de la cheminée, dans son bureau, pour boire un verre de vin bien mérité.

– Le comportement de ce vampyre m'inquiète énormément, a-t-il déclaré, l'air sérieux. C'est très inhabituel pour un vamp de débarquer dans Lumen comme s'il était en terrain conquis. On est dans la capitale des loups-garous, merde.

J'ai observé les flammes danser dans l'âtre en essayant de trouver un sens à toute cette situation.

Snow avait eu beau être exonérée de tout soupçon, ce soir, quelque chose clochait, et j'avais le sentiment que tout était lié à l'avertissement de Kimbringe.

Il m'avait dit de surveiller Snow et il avait eu raison. Cette étrange Frénésie semblait l'affecter de manière inattendue. J'étais soulagée qu'elle soit enfin endormie dans son lit.

En sécurité.

Mais pas grâce à moi.

Quel genre de mère laisse sa fille en proie au danger, comme ça ?

Lumen n'est pas une putain de cour de récré…

En tout cas, pas pour les gamins.

C'est le lieu parfait pour les créatures surnaturelles qui veulent passer du bon temps, cela dit.

Mes pieds étaient posés sur les genoux de Raph. Avec tendresse, il les massait, son pouce pressant tous les endroits douloureux.

– Ne t'en veux pas. Ce n'était pas ta faute, a-t-il déclaré, ayant senti ma bataille intérieure.

– J'étais censée la surveiller, ai-je lâché, frustrée. Et je me suis laissé distraire.

– Oh, je suis juste une distraction, alors ? a demandé Raphael, un peu agacé.

– Tu vois ce que je veux dire, ai-je répliqué, refusant de nourrir son ego déjà surdimensionné.

– En fait, non, je ne vois pas, a-t-il rétorqué. Snow est ma fille aussi. Mais quand tu t'es aperçue qu'elle n'était plus là, tu t'es barrée par la fenêtre sans même un regard en arrière. Alors que j'aurais pu décapiter ce vampyre avec les dents !

– Je n'avais pas besoin de ton aide. Il était tout seul. J'ai très bien géré sans l'aide de personne.

Raphael a poussé mes jambes et s'est mis debout.

– Tu n'es plus toute seule, justement, Ève. Tu n'as pas à tout affronter sans l'aide de personne. Tu as un *compagnon.*

Au pas de course, Raphael a traversé la pièce avant d'ouvrir la porte.

– Je pensais qu'on essayait d'être une famille. C'est pas ce que tu veux ?

Sa question m'a interloquée.

Une famille ?

Notre réunion à tous les trois n'avait eu lieu que quelques mois plus tôt. Avant cela, je faisais tout en solo. La famille n'était qu'un concept lointain, pour moi. Il m'était impossible de lui fournir une réponse parce que je n'en avais tout simplement pas. Tout cela était nouveau, à mes yeux.

Il a claqué la porte derrière lui, faisant trembler les murs.

J'ai terminé mon verre, sa question dans la tête.

C'est pas ce que tu veux ?

***

Je me suis réveillée seule, Raphael m'avait laissée avec un goût de colère froide.

Je ne pouvais pas lui reprocher son énervement. Il m'était impossible d'être la compagne qu'il désirait alors que je me débattais déjà pour apprendre à me comporter en mère. Jamais auparavant je n'avais eu ce genre de préoccupation. Quand j'étais seule, je ne décevais que moi. Maintenant, j'avais deux personnes dans ma vie à qui je devais rendre des comptes.

Sur la table de chevet, j'ai remarqué que mon téléphone s'illuminait. Je l'ai attrapé pour lire mes messages.

Kimbringe : Je suis arrivé à Lumen, ma chère.
Kimbringe : Rendez-vous dans ma bibliothèque.
Kimbringe : Nous avons des sujets urgents à discuter.
Kimbringe : J'ai eu une nouvelle vision.

***

Quand je suis arrivée à la bibliothèque personnelle de Kimbringe, Snow me tenant la main, je me suis aperçue que ce n'était pas un tête-à-tête comme je m'y étais attendue. Raphael était présent, il semblait toujours énervé de notre dispute de la veille. Jed et Reyna étaient là aussi, même si je ne voyais pas pourquoi.

Kimbringe m'a saluée en m'embrassant sur les deux joues avant de m'inviter à m'approcher d'une table ronde couverte de graphiques et de plans.

– Ève, quel plaisir de te revoir. Toujours en retard de quelques minutes, les bonnes habitudes ne se perdent pas.

– C'est tout un travail de maintenir une aura de mystère, figure-toi, ai-je répliqué en m'installant en face de Raphael qui a évité mon regard.

– Je vous ai réunis parce que j'ai eu une vision, a dit Kimbringe en s'adressant à nous tous. La Frénésie a été déséquilibrée… ce qui n'annonce rien de bon pour Lumen.

– Je savais qu'il y avait un truc chelou avec la Frénésie, a crié Reyna. C'est vraiment partout autour de nous.

– Comment est-ce possible ? a demandé Jed.

– J'ignore quelle en est la cause, mais je sais que les conséquences seront différentes pour chacun d'entre nous, a répondu Kimbringe qui regardait spécifiquement Snow. Dans bien des cas, j'ai peur que cela ne génère que plus d'agressivité. Des éclats de violence, même, a-t-il affirmé, l'air inquiet.

– Le vampyre, ai-je murmuré.

– Alors… ce déséquilibre va créer des sortes de… monstres Frénétiques ? s'est enquise Reyna, vulgarisant l'explication de Kimbringe.

– C'est une manière de voir les choses, a réagi l'intéressé. La Frénésie arrive non seulement hors saison, mais elle influe également sur toutes nos pulsions – spécialement les plus sombres.

– Comment fait-on pour combattre une putain de Frénésie ? a grogné Raphael. Ce n'est pas un être vivant.

– Jusqu'à ce que l'on mette le doigt sur l'origine de ce déséquilibre, on peut seulement combattre les symptômes de cette crise, a expliqué Kimbringe. Pour cela, on va devoir monter une équipe spéciale.

– Vous voulez dire un genre de gang ? a demandé Jed, tout à coup excité comme une puce.

– Appelez cela comme vous le désirez, mais son but sera de protéger les citoyens de Lumen de ce que la Frénésie pourra susciter, a répondu Kimbringe.

On s'est tous regardés et on a hoché la tête. Un à un, nous avons placé nos mains au centre de la table.

– Alors c'est établi. Nous serons les Protecteurs de Lumen, a annoncé Kimbringe.

J'allais ôter ma main quand une dernière est venue s'ajouter à la pile. C'était celle de Snow. Elle m'a regardée, un grand sourire aux lèvres.

– Bon, on va chasser ces monstres, alors… a grondé Raphael.

– Et les arrêter avant qu'ils ne fassent des dégâts, ai-je terminé sa phrase pour lui.

Nos trois mains se touchaient. Raphael a enfin levé les yeux pour me regarder. Nous n'étions pas une famille traditionnelle… mais nous étions unis. Et, ensemble, nous allions botter le cul à un tas de monstres.

ÉPISODE 6

LE CHANT DES SIRÈNES

Reyna : Bon bah, j'imagine qu'on est des chasseurs de monstres, maintenant ?
Jed : Ouais 😂
Jed : On va démasquer les vilains et tout !
Reyna : La prochaine fois que tu te transformeras, je vais peut-être devoir vérifier si c'est pas juste un costume.
Reyna : 😜
Jed : Si tu me tires sur la fourrure, je te mords.
Reyna : 😂😂😂
Jed : En vrai, t'as bien de la chance d'être humaine.
Jed : Toute cette Frénésie ne t'affecte pas au moins.
Reyna : Ouais...
Reyna : Hé, ça te dirait d'aller te promener ?
Reyna : J'ai bien besoin de prendre l'air et de me dégourdir les jambes.

Reyna : Je suis punie à la Maison de la Meute jusqu'au retour de mon père.
Jed : Ouais carrément.
Jed : On se retrouve au bord du fleuve ?
Reyna : Super.

Reyna

Cela faisait un moment que Jed et moi, on flirtait, mais notre petit jeu s'est vite transformé en amitié. Je le considérais maintenant comme un de mes meilleurs amis. Il me donnait toujours de super conseils et, quoi qu'il arrive, il était toujours là pour moi.

Alors pourquoi je ne lui avais pas encore révélé mon demi-vampirisme ?

Sa blague sur le fait que j'étais chanceuse d'être humaine m'a rappelé combien j'avais manqué d'honnêteté avec lui. Je ne savais pas trop pourquoi. J'ignorais s'il comprendrait. Ce n'était pas comme si les loups-garous et les vampires se mélangeaient comme les humains et les loups le faisaient.

Honnêtement, tout ce concept de vampirisme m'effrayait, et je n'avais pas non plus envie de faire peur à Jed.

Mais bon, ce serait peut-être sympa d'avoir quelqu'un d'autre qu'Ève à qui en parler…

Je me suis garée au bord du fleuve, près de la voiture de Jed. En sortant, je l'ai vu qui m'attendait.

– Hé, Rey ! T'es pas mal pour une prisonnière, a-t-il lancé avec un sourire en coin.

J'ai un peu rougi, même si ce n'était qu'une vanne. *Je suis sûre qu'il ne flirte pas.*

– Eh bien, puisque tu es un loup du Millénaire, peut-être que tu pourrais te proposer pour devenir mon officier de probation ? ai-je répliqué en riant.

– Je suis hyper strict, je te préviens, a-t-il dit en me faisant un clin d'œil alors que nous marchions vers le fleuve.

J'adorais cet endroit. La façon dont l'eau reflétait les rayons du soleil. L'odeur des pâquerettes qui piquetaient la pelouse. C'était si calme et apaisant, très différent du reste de Lumen.

J'avais la sensation que, dans un futur proche, il y aurait peu de calme et d'apaisement dans ma vie.

– Cette histoire d'équipe spéciale, c'est beaucoup de responsabilités, ai-je déclaré en ramassant un caillou pour le jeter dans l'eau.

Les vaguelettes qu'il a créées étaient presque hypnotiques.

– Je pense que tu seras à la hauteur, a répondu Jed en plaçant un bras autour de mes épaules.

– Pour protéger Lumen ? J'en suis pas si sûre.

– Ne doute pas tant de toi, Reyna. Tu es plus forte que tu le penses, m'a assuré Jed, en me faisant face.

Il a commencé à se pencher vers moi, mais j'ai vivement reculé.

– Jed… qu'est-ce que tu fais ?

Son visage s'est décomposé, mais il a fini par se redresser et reculer.

– Oh, merde, Reyna, je suis désolé ! C'est juste que… je me sens bizarre à cause de la Frénésie. Elle me fait… Enfin, tu pourrais pas comprendre…

J'ai laissé échapper un soupir de soulagement. C'était juste la Frénésie. En tout cas, c'était une justification qui m'allait très bien.

– Pas de souci, Jed. Je sais combien la Frénésie affecte les loups-garous, l'ai-je rassuré en voulant oublier le plus vite possible le fait que mon meilleur ami avait tenté de m'embrasser.

– Putain. Comment je pourrais me battre contre quoi que ce soit quand j'arrive même pas à réfléchir correctement ? C'est le bordel dans ma tête !

J'aurais aimé lui dire que je le comprenais mieux qu'il ne pouvait l'imaginer. Que la Frénésie m'influençait aussi, mais d'une manière différente. Ces derniers temps, je me sentais plus forte, plus alerte. Plus concentrée.

Peut-être que si je me confiais à lui, on pourrait se soutenir l'un l'autre pendant cette période troublée…

– Jed, il y a quelque chose dont je voulais te parler…

BOUM.

Quelque chose tapait contre la petite jetée en contrebas.

BOUM.

Nous nous sommes approchés, en entendant à nouveau le bruit.

– Qu'est-ce que c'est ? ai-je demandé en désignant un large objet ramené par les flots contre le bois.

Impossible de distinguer dans le détail. Mais on aurait dit… que ça avait des cheveux… Alors que je m'agenouillais pour mieux voir, le courant a fait se retourner l'objet.

– Oh, mon Dieu ! ai-je crié avant de tomber en arrière, essayant de m'éloigner de là tandis que Jed voulait m'aider à me relever.

C'était le corps à moitié dévoré d'un homme. Sa tête bleue et gonflée martelait le pilier de la jetée. Ses traits étaient figés dans une ultime grimace dont l'image allait me hanter…

Celle de la terreur absolue.

Ève

Kimbringe marchait devant nous dans le couloir éclairé aux néons de la morgue de Lumen. Il a poussé la porte de la salle d'autopsie.

– Je dois vous avertir que ce n'est pas un spectacle pour les âmes sensibles.

J'ai regardé vers Reyna, Jed et Raphael qui nous emboîtaient le pas.

– Ce n'est pas notre cas, ai-je affirmé alors qu'on approchait d'un corps couvert d'un drap.

Vu la taille de ce qui restait du cadavre, ils auraient pu utiliser moins de tissu. Nous nous tenions tout autour de la table d'autopsie, Kimbringe a retiré le drap. Le moignon de torse de la victime ne laissait aucun doute sur le fait que quelque chose avait mangé le reste ou l'avait emporté pour le consommer plus tard.

– Un autre vampyre ? a demandé Raphael, l'air furieux.

– Peu probable, ai-je répondu. Les vampyres ne... mâchent pas.

Quelque chose avait longuement rongé cet homme.

– Oui, ce n'est pas l'œuvre de quelqu'un doté de deux crocs aiguisés, a indiqué Jed en secouant la tête. On dirait même que cette bestiole avait plusieurs rangées de dents.

– Tout à fait, Jed, a dit Kimbringe, qui a désigné de sa main gantée les viscères qui pendaient du morceau de torse. C'est un plus gros poisson qu'un vampyre.

– Me dites pas que Lumen est envahi par des hommes-requins ! a grogné Raphael.

– Bien pire, a répondu Kimbringe. Des sirènes.

– Des sirènes ? a répété Reyna, confuse. C'est quoi, ça ?

– Elles ne sont pas originaires de ce continent, a expliqué Kimbringe. Peut-être qu'elles étaient dans le coin et que le déséquilibre de la Frénésie les a attirées ici.

Je devais admettre que mes connaissances concernant cette espèce étaient très limitées.

– Ce sont des genres de femmes à queue de poisson ?

– Ce sont des créatures sensuelles, oui, mais leur caractère est extrêmement mauvais. Elles attirent leurs victimes grâce à leur chant, s'amusent pendant un temps puis dévorent leur proie vivante... de la taille aux pieds, a-t-il développé, l'air sombre.

Jed a eu un haut-le-cœur.

– De la poiscaille qui bouffe la partie inférieure des hommes ?

– Ne les appelez jamais poisson devant elles, a averti Kimbringe. Dans tous les cas, si nous ne leur mettons pas la main dessus, elles pourraient se révéler une véritable menace pour la population masculine de la meute de la côte Ouest.

– Comment on s'en occupe ? s'est enquis Jed. Je suis merdique à la pêche.

– Il faut localiser leur « mère » et l'éliminer en premier, a indiqué Kimbringe.

La mère.

Je n'avais pas le temps de m'occuper d'une maman poisson dégoulinante alors que j'avais mes propres préoccupations maternelles en tête. Sans doute valait-il mieux que je passe mon tour pour cette fois.

***

Après que Kimbringe a fini sa leçon sur le folklore des sirènes, je l'ai pris à part pour lui parler en privé.

– Tu veux qu'on parle de Snow ?

– Comment tu le sais ? Tu as eu une vision ?

– Non, Snow n'a pas été dans mes visions, même si je perçois que cette Frénésie l'affecte de manière imprévisible, a-t-il répondu.

– C'est le cas, ai-je confirmé. Ses nouveaux pouvoirs apparaissent rapidement. Je ne sais même pas comment l'aider.

Kimbringe s'est caressé le menton.

– Peut-être que c'est elle qui peut nous aider. Ces nouvelles aptitudes pourraient nous permettre de mener notre tâche à bien.

De la fureur a grandi en moi.

– NON ! ai-je hurlé si fort que Raphael s'est retourné, à l'autre bout de la pièce.

J'ai baissé la voix.

– Hors de question d'impliquer Snow là-dedans. Je ne suis même pas sûre de m'y impliquer moi.

– Que tu le veuilles ou non, Ève, Lumen est ta maison à présent. Tu as l'obligation de…

– Je n'ai aucune obligation envers quiconque, à part ma fille.

– Pas même envers ton compagnon ? s'est enquis Kimbringe en haussant les sourcils. Il est la personne en charge de cette ville et de ses habitants.

Je suis passée devant Kimbringe.

– Qu'ils aillent se faire foutre ! Je ne me laisserai pas manipuler.

– Se soucier des autres n'est pas de la manipulation, Ève, a-t-il lancé, derrière moi. C'est ce qui nous donne de la force.

Je refusais d'écouter ces conneries.

Je n'avais pas besoin de la force des autres. J'en avais assez en moi.

Jed

J'ai mené mon escadron de soldats sur la rive, près de la jetée où nous avions trouvé le cadavre.

Ève avait préféré rester en retrait et Raphael était occupé ailleurs, mais il m'avait alloué l'aide des meilleurs combattants de la meute de la côte Ouest.

Reyna avait été furieuse que je ne lui permette pas de m'accompagner, mais il était hors de question que je la laisse s'approcher d'une zone dangereuse. Et avec l'effet que me faisait la Frénésie, il était très difficile pour moi ne serait-ce que de me tenir près d'elle – même si ce n'était pas sa faute.

On a atteint la jetée et le meilleur nageur a plongé en premier. On a attendu qu'il refasse surface pour nous indiquer que la voie était libre. J'observais avec nervosité l'eau, priant pour que plus de la moitié de son corps émerge. Finalement, il a sorti la tête de l'eau, le pouce levé.

– Il y a quelque chose tout au fond, a-t-il crié. On dirait une caverne.

J'ai hoché la tête et donné le signal à mes hommes. Leurs bottes ont laissé de profondes empreintes dans la boue quand ils se sont glissés un à un dans l'eau.

J'étais tout au bord de l'eau, prêt à plonger, quand le visage d'une femme, couvert d'eau et magnifique, est apparu. Elle me souriait et, de son doigt, m'encourageait à m'approcher.

C'est ça… une sirène ?

Je ne m'étais pas attendu à un si beau spectacle. Son corps s'est hissé hors de l'eau, les seins lourds et pleins, les yeux étincelants couleur argent.

Une autre sirène avec de petits seins ronds, de la taille de la paume de ma main, est apparue près d'elle. Elle avait des tétons parfaits, dressés, qui donnaient envie de les sucer. Sa chevelure dorée encadrait ses épaules et elle tendait une main vers moi. Ses lèvres appétissantes se sont ouvertes pour m'offrir la chanson la plus ensorcelante que j'avais jamais entendue.

Elle me donnait envie de la suivre, mais…

– Non, c'est un piège, ai-je dit en essayant de me secouer.

La chanson de la sirène s'est soudain transformée en un hurlement strident.

Tout s'est passé en l'espace de quelques secondes.

J'ai été attiré dans l'eau par une main pâle. En relevant la tête, j'ai remarqué que le fleuve se teintait de la couleur du sang. Mon équipe se faisait dépecer. Des membres flottaient dans toutes les directions.

On me tirait encore plus bas…

De plus en plus loin…

Jusqu'à ce que tout soit noir…

ÉPISODE 7

DORMIR AVEC LES POISSONS

Jed

Quand j'ai ouvert les yeux, je me suis aperçu que j'étais ligoté, allongé dans une mare d'eau peu profonde. Des racines visqueuses me liaient les mains et les pieds. J'étais dans une grotte souterraine. Au centre de la caverne, un étrange orbe rougeoyant éclairait l'espace tout autour, se reflétant sur les cristaux de quartz qui constellaient le plafond. Les murs étaient couverts de peintures rupestres représentant de voluptueuses silhouettes dotées de branchies.

J'ai lutté pour libérer mes bras, mais les racines ne voulaient pas céder.

J'ai tenté de me transformer, mais cet orbe semblait saper mes pouvoirs.

Ça n'aurait pas servi à grand-chose, de toute façon. Je doutais que j'aurais réussi à nager hors d'ici et jusqu'à la surface sans aide extérieure.

De l'eau a éclaboussé mon visage, les deux sirènes qui m'avaient attiré là ont émergé sous l'orbe.

– Nerida ! a crié la sirène aux cheveux dorés. J'avais dit que je le voulais, celui-là ! C'était le mien !

La sirène rousse a claqué des lèvres.

– Huuum, c'est vrai qu'il était délicieux. Peut-être que si tu n'étais pas aussi grasse et lente, tu aurais pu en croquer un bout aussi, Drakea.

Nerida a jeté un os dans un gouffre qui en débordait déjà. Mon estomac s'est retourné en repensant à mon escadron dont le destin avait été scellé par ces putains de poiscailles.

Tout en plongeant ses yeux dans les miens, Nerida a ramassé un os pour le sucer. Sa tête bougeait de haut en bas, et l'os s'enfonçait loin dans sa gorge, sans jamais qu'elle me quitte du regard.

C'était la chose la plus dégoûtante à laquelle j'avais pu assister, mais c'était aussi… assez excitant. Ces créatures s'y connaissaient bien dans l'art de la séduction. Dommage que leurs étreintes soient suivies d'éviscérations.

Il faut que je me tire d'ici.

Drakea a soudain crié et attrapé les cheveux roux de sa sœur pour lui frapper la tête contre le mur de la caverne.

– Salope ! Tu vas pas t'accaparer celui-là aussi ! Tu prends toujours tout ce que je veux !

Alors que les sirènes se crêpaient le chignon, une autre voix a résonné dans la grotte.

– LES FILLES ! ÇA SUFFIT ! Il y en a bien assez. On peut… partager.

Une troisième créature, jusqu'ici tapie dans l'ombre, venait d'apparaître. Plus imposante que les deux autres, elle avait des cheveux de jais et une silhouette voluptueuse.

La mère, me suis-je dit, me remémorant le brief de Kimbringe.

En la voyant dans la lumière, j'ai eu un mouvement de recul. Ses seins étaient lourds et difformes, comme des sacs de pomme de terre détrempés. Ses yeux argent avaient l'air vieux et fatigués.

Tandis qu'elle s'approchait de moi en nageant, ses cheveux gras s'agitaient autour de sa tête comme des tentacules et ses seins m'ont frappé le menton.

– Qu'est-ce que tu veux ? ai-je demandé en faisant la grimace.

– Seulement m'amuser un peu, a-t-elle répondu en chantonnant. On aime jouer avec notre nourriture avant de passer à table.

Le bout de sa queue s'est posé sur mon entrejambe et m'a saisi à travers le pantalon, s'agrippant à mes couilles. J'ai frissonné. C'était révoltant mais, pour une raison que je ne m'expliquais pas, je bandais quand même. Je devais concéder ça à cette vieille rombière, elle savait s'y prendre.

– Mère, laisse-nous jouer, nous aussi, ont chouiné les deux autres.

– Qu'allez-vous faire de moi ? ai-je demandé en essayant de ne pas la regarder.

– Faire de toi ? a répété la mère en riant. Tu veux dire : qu'est-ce qu'on va te faire, tout court !

En essuyant leurs bouches sanglantes, les trois sirènes m'ont entouré, me reluquant comme un morceau de viande.

– Il a une érection, mère. Je peux le voir. Miam ! s'est exclamée Drakea.

Putain, pourquoi est-ce que je suis toujours excité ?! Sales tentatrices !

– Ne sois pas si *dur* envers toi-même, mon chéri, a gloussé la mère. C'est un réflexe naturel.

– C'est si appétissant, mère. On peut le manger ? S'il te plaît ? Le dernier n'était pas assez gros et je suis affamée ! a dit Nerida en dévoilant plusieurs rangées de dents aiguisées.

– Les filles, les filles. Un peu de manières. Souvenez-vous, c'est notre dîner, a affirmé la mère.

Nerida et Drakea ont fait la moue, claquant le sol de leurs queues comme des enfants en colère.

– JE LE VEUX MAINTENANT ! a hurlé Drakea en martelant le sol de sa queue, ce qui a brisé un rocher en deux.

Elles sont monstrueusement fortes. Leur pouvoir vient-il de la Frénésie ?

– Ne me provoque pas ! a beuglé la mère, les faisant se taire immédiatement. La perle nous a guidées à un lieu regorgeant d'hommes dont nous pouvons nous repaître. Il nous faut la remercier.

La perle ? Elle doit parler de l'orbe lumineux. Sauf que c'est la Frénésie qui les a guidées ici, pas une sorte de boule à facettes.

Les trois sirènes ont commencé à nager tout autour de l'orbe et à chanter, comme si elles priaient. Quand elles ont eu fini, la rousse, Nerida, s'est approchée de moi.

– Moi d'abord, a-t-elle déclaré, d'un ton implacable.

Elle avait des yeux verts magnifiques. C'était elle qui m'avait attiré dans les profondeurs. Elle m'avait saisi par la gorge, et j'avais adoré ça.

Qu'est-ce qui cloche chez moi, bon sang ?

– Rien du tout, a répondu la mère qui avait lu dans mes pensées. Tu es juste un homme. Vous êtes tous les mêmes.

– Vous… vous pouvez lire dans mes pensées ? ai-je balbutié.

– En la présence de la perle, nous pouvons faire beaucoup de choses, a-t-elle affirmé avec un sourire en coin.

Cette putain de perle devait être la source de leurs pouvoirs. C'était peut-être un catalyseur de la Frénésie ou un truc du genre ?

La sirène aux cheveux dorés, Drakea, s'est approchée en nageant et, avec le bout de sa queue, s'est mise à jouer avec ma bite. Elle a commencé à déboutonner mon pantalon pendant que Nerida me serrait la gorge. Je ne voyais plus ses yeux, mais j'ai senti sa langue parcourir l'élastique de mon boxer. Sa bouche était humide et chaude, je la sentais même sous l'eau.

Comment est-ce possible ?

Sa langue a joué avec mon gland avant qu'elle ne prenne l'intégralité de mon membre dans sa bouche.

PUTAIN !

Je ne savais pas si ce que je ressentais était une extase totale ou un dégoût extrême, mais en tout cas, j'étais hypnotisé par ces sirènes et ne voulais pas qu'elles s'arrêtent.

– Prépare-le bien, a dit la mère en s'humectant les lèvres. Ils ont meilleur goût quand ils sont détendus.

Oh, d'accord.

Putain, elles vont me MANGER.

Reyna

Ève a jeté son anneau en l'air en me hurlant « ENCORE ! » tandis que le bijou se transformait en faux. J'ai glissé sur le sol et l'ai attrapée avant qu'elle ne touche le sol, l'empoignant dans un mouvement circulaire pour couper un mannequin en deux.

Enfin, je faisais de réels progrès.

– Bien, m'a félicitée Ève en examinant le mannequin démembré. Mais tu peux faire mieux.

Elle n'était jamais contente. *Jamais.*

– Je veux que tu essaies de lancer ta lame pour toucher ta cible à distance, m'a-t-elle ordonné en installant un nouveau mannequin.

– Tu veux que je balance cette chose ? ai-je demandé, confuse. Je peux à peine la soulever ! Elle fait la taille d'Anya !

– Quand on combat, on doit savoir mettre de côté son petit confort, a asséné Ève en m'appuyant sur le dos et les épaules pour me mettre en position.

De la sueur coulait de mon front alors que j'essayais de maintenir mon équilibre tout en tenant fermement la faux. Je l'ai projetée de toutes mes forces, l'envoyant à l'opposé de là où j'aurais dû la diriger, exactement vers…

– SNOW ! a hurlé Ève alors que sa fille entrait dans la salle d'entraînement.

La faux filait dans sa direction.

Elle n'a même pas cillé, se contentant de lever le bras pour changer la trajectoire de l'arme, décapitant trois mannequins par la même occasion.

Ève et moi nous sommes regardées, les yeux écarquillés. Chaque jour, Snow devenait de plus en plus puissante.

Elle s'est précipitée vers nous en sautillant sur place, comme si elle avait une envie pressante. Hystérique, elle pointait la porte du doigt.

– Jed ! Jed ! a-t-elle crié.

– Jed est là ?

Tant mieux. J'avais deux mots à lui dire sur la façon dont il avait balayé mes inquiétudes, un peu plus tôt.

– Aider ! Jed ! a-t-elle dit en secouant la tête.

Ses yeux apeurés nous disaient tout ce qu'on avait besoin de savoir.

– Jed est en danger ?

Elle a hoché la tête avec insistance.

– Tu sais où il est ? l'a questionnée Ève.

– Suivre ! s'est exclamée Snow en sortant de la pièce.

***

La rive boueuse était couverte d'empreintes de bottes et le fleuve jonché de membres de corps humains.

J'allais être malade. On aurait dit que tout l'escadron avait été démembré.

– Jed… ai-je murmuré, les larmes aux yeux.

Snow me tirait sur la manche et secouait la tête.

– Jed ! a-t-elle crié en pointant du doigt vers le bas.

– Il est en dessous ? ai-je demandé, pleine d'espoir.

Elle a acquiescé.

Avant qu'Ève ne puisse l'arrêter, Snow a plongé dans l'eau ensanglantée.

– Snow, reviens ici TOUT DE SUITE ! a hurlé Ève.

Snow s'est mise à rayonner d'une intense lumière blanche avant de disparaître sous la surface. Immédiatement, Ève s'est précipitée derrière elle et je l'ai suivie. Pas le temps de se poser des questions du genre : *Pourquoi ta fille est un bâton de sourcier pour des sirènes maléfiques ?*

On a suivi la lumière émise par Snow en plongeant toujours plus profondément. Je me suis vite aperçue que je n'allais pas être capable de bloquer ma respiration, alors je me suis mise à paniquer. Je m'étais attendue à ce que de l'eau remplisse mes poumons, que la noyade fasse vaciller ma vision et que ma vie s'échappe de moi peu à peu, mais…

La voix d'Ève a résonné dans ma tête.

ERIPSER !

Soudain, j'ai arrêté de me débattre.

Ève avait utilisé une sorte d'enchantement qui me permettait de respirer sous l'eau.

Autant en profiter, j'imagine.

Snow nous a conduites jusqu'à une formation rocheuse qui se transformait en tunnel immergé. Vers la fin de celui-ci, on est remontées jusqu'à ce que nos têtes refassent surface. On a regardé autour de nous. On se trouvait dans une caverne.

Un orbe lumineux projetait ses rayons sur les murs couverts de cristaux, mais pas que…

Jed !

Il avait l'air complètement épuisé, attaché à l'aide de racines et entouré de trois femmes-poissons. Des sirènes.

L'une, avec des cheveux dorés, était penchée sur lui, sa bouche ouverte à quelques centimètres de son énorme et très engorgé…

Oh.

Mon.

Dieu.

Jed m'a aperçue et ses yeux se sont écarquillés.

– REYNA !

Les trois sirènes se sont instantanément dispersées et ont craché dans notre direction.

– L'orbe ! a crié Jed. Cassez-le ! C'est ce qui les rend si puissantes !

Ève a surgi de l'eau, l'orbe en ligne de mire, mais la plus grosse des sirènes s'est précipitée sur elle et a giflé Ève de sa queue de poisson, l'envoyant valser contre un mur en pierre.

Ève s'est redressée rapidement.

– Tu dois être la mère, a-t-elle déclaré en fixant la sirène.

– Oui, et je ferais n'importe quoi pour protéger ma progéniture.

– Eh bien, moi aussi, a lancé Ève en matérialisant sa faux pour trancher d'un coup la vieille vache des mers en deux.

Son torse détaché a gigoté pendant quelques instants avant de s'immobiliser pour toujours.

Les deux plus jeunes ont hurlé d'agonie, dévoilant leurs rangées de dents aiguisées comme des rasoirs. On aurait dit des déchiqueteuses à bois.

J'espère qu'elles les gardent pour elles quand elles font des fellations…

L'une d'entre elles s'est jetée sur moi et m'a agrippée par les cheveux pour m'attirer sous l'eau. Ève a plongé à ma rescousse et a fichu un coup de pied à la sirène. On s'est débattues alors que les deux monstres nous entouraient, serrant fort nos corps pour tenter d'en briser les os. Soudain, pourtant, elles nous ont libérées et ont refait surface. On les a suivies et quand on a émergé, elles rampaient sur les rochers, flétries et hideuses.

Leurs cheveux avaient blanchi, leurs peaux étaient toutes ridées. Elles s'asséchaient et suffoquaient, s'agitant dans la caverne comme deux poissons hors de l'eau.

J'ai repéré Snow qui tenait l'orbe, désormais en morceaux.

Bien joué.

***

Nous nous sommes retrouvées sur la rive, toussant et crachotant, sans se préoccuper d'être couvertes de boue et de viscères de poisson.

Alors qu'elle se redressait, la lumière émanant de Snow s'est lentement réduite, elle semblait incrédule devant ses propres pouvoirs. Non seulement elle avait sauvé Jed en nous amenant ici mais elle nous avait porté secours à toutes les deux.

Ève s'est relevée et a posé ses mains sur les épaules de sa fille.

– Comment as-tu su qu'il fallait qu'on vienne ici ? Comment as-tu trouvé les sirènes ?

Snow a placé sa main sur son cœur et l'a bougée de manière circulaire.

– Tu… tu l'as senti ? a demandé Ève.

Snow a hoché la tête. Sa mère s'est assise dans la boue, se prenant la tête entre les mains.

– Qu'est-ce que ça signifie ? a demandé Jed.

Soudain, cela m'a frappée.

Quand Snow s'était incrustée à la fête dans les bois…

Quand elle était venue sur le pas de la porte chez nous et qu'elle avait révélé la présence du vampyre…

La façon dont elle nous avait guidées jusqu'à cette caverne immergée…

– Cela signifie que Snow est notre phare… a indiqué Ève, la voix tremblante… et qu'elle va nous aider à trouver ces créatures Frénétiques.

ÉPISODE 8

UN PLAN BIEN PRÉPARÉ

Reyna

Je pouvais supporter pas mal de trucs sombres.

Les vampyres déchaînés assoiffés de sang…

Les sirènes séductrices dévoreuses d'hommes…

Mais aujourd'hui, j'allais devoir affronter la chose la plus noire à laquelle je pouvais penser…

Les activités extrascolaires obligatoires.

– Hors de question ! ai-je crié à Ève. Je ne rejoindrai pas le comité d'organisation du carnaval !

– Tu feras ce que je te dis de faire ! a-t-elle hurlé en retour. C'est ta punition.

– T'es pas ma mère ! ai-je craché. Tu peux pas me commander comme ça.

– Peut-être, mais ton père est toujours sur son foutu bateau de croisière, et tu es sous ma responsabilité jusqu'à son retour, a-t-elle répondu. J'en ai déjà parlé à ton proviseur. Vu que tu as organisé une fête avec de l'alcool en invitant tous les mineurs du lycée, il a convenu que c'était une bonne manière de faire amende honorable.

C'est pas possible, elle plaisante !

– Je pensais que c'était du passé, ai-je dit, agacée. Et Anya, alors ? C'était son idée, cette soirée !

– Ne t'en fais pas pour ta sœur, elle aide Kimbringe à mettre à jour les microfiches de sa bibliothèque.

Oh là, là. Elle allait être furax !

– Alors non, c'est pas du passé, a asséné Ève, très sérieuse. Il faut que tu grandisses et que tu apprennes à être responsable si tu veux continuer à faire partie de l'équipe spéciale.

J'aurais voulu lever les yeux au ciel, mais ça lui aurait donné raison.

– Très bien, dis-moi où je dois aller, je sens que je vais m'éclater comme une folle, ai-je répondu en grinçant des dents.

***

– *BIIIIEEEENVENUUUUE au comité d'organisation du carnaval de Lumen !* a beuglé Marcy, une meuf à la voix suraiguë, aux lycéens réunis devant elle à 16 h.

Plantez-moi un pieu dans le cœur…

Tout comme moi, la moitié de l'assistance devait avoir été forcée à venir ici, vu leur manque d'enthousiasme. L'autre moitié était une bande de psychopathes qui voulaient vraiment passer leur temps libre à faire une activité pour l'école. J'ai même appris que j'allais être réquisitionnée certains *week-ends !*

En ignorant tout ce qui pouvait sortir de la bouche de la coordinatrice du carnaval, j'ai pris mon téléphone pour écrire discrètement à Jed.

Reyna : Je suis coincée au LYCÉE.

Reyna : On me force à organiser ce stupide carnaval.

Reyna : C'est ma punition pour avoir organisé la fête.
Reyna : Tu veux qu'on se voie après ?
Reyna : J'aimerais qu'on parle d'un truc.
Jed : Ça a l'air HORRIBLE.
Jed : Et ça vient de quelqu'un qui a failli se faire bouffer par des sirènes.
Jed : Ouais, partant pour qu'on aille se prendre un burger après.
Jed : Tout va bien ?
Reyna : Ouais, carrément.
Reyna : J'ai juste plein de trucs qui me polluent la tête.
Reyna : Je t'en parle plus tard.

Après ce qui s'était passé avec Jed et les sirènes, j'avais vraiment besoin de me confier à lui sur ce que je traversais. Sur le fait que je n'étais pas seulement humaine.

Il avait besoin de le savoir.

J'ignorais comment il réagirait, mais je voulais commencer à me montrer honnête à ce propos avec les gens qui m'importaient.

– Hé, tu es en train de louper le vote sur la saveur des barbes à papa. Ton opinion sur le sujet est pourtant *vitale*, a lancé une voix remplie de sarcasme derrière moi.

Je me suis retournée vivement pour découvrir un garçon avec des cheveux bruns épais et un sourire en coin. Il portait une veste en cuir usée, même s'il faisait bien trop chaud pour ce genre de vêtement.

Un piercing en pointe lui transperçait l'oreille et lui conférait juste la bonne dose d'excentricité. Il me dévisageait de ses grands yeux verts, et mon cœur a manqué un battement. Comment n'avais-je pas remarqué ce gars avant ?

– Mais barbe à papa, c'est pas un parfum en soi ? ai-je répondu en essayant d'être le plus cool possible.

– OK, tu m'as eu, a-t-il dit en souriant toujours en coin. J'écoutais rien non plus.

– C'est facile d'être distrait quand on préférerait être partout ailleurs qu'ici, ai-je dit en soupirant.

– C'est facile d'être distrait quand quelqu'un d'aussi sexy que toi est assis juste devant moi, a-t-il répliqué du tac au tac, les yeux brillant d'une lueur de malice.

Il m'a tendu la main et moi j'étais toute rouge.

– Je suis Derek.

– Reyna, ai-je répondu, en la lui serrant, alors que nos regards ne voulaient pas se quitter.

Peut-être que le comité du carnaval ne serait pas si horrible, après tout ?

***

Assise à l'arrière de la camionnette de Jed, je dévorais des frites bien grasses, tout en essayant de trouver la bonne manière de lui expliquer que j'étais à moitié vampire. Y avait-il au moins une façon adéquate de le faire ?

– Désolé que t'aies dû te fader ce truc débile après les cours, a-t-il déclaré en entamant son burger. Quelle poisse !

– Ouais, j'aimerais qu'Ève s'entraîne à être une mère sur quelqu'un d'autre, ai-je répliqué avec amertume. J'ai pas besoin d'une meuf autoritaire qui se balade avec une faux et se prend pour la juge, la jurée et la bourreau.

– C'est vrai que tu dois être vidée, a lancé Jed avec un grand sourire. Genre, littéralement, si elle voulait, elle pourrait même te vider de ton sang.

Même si c'était une vanne, j'ai été heurtée.

– Eh ben… moi aussi, figure-toi, ai-je dit en prenant mon courage à deux mains. Si je décide de le devenir, je veux dire.

Jed m'a regardée, confus.

– Hein ?

– Je suis à moitié vampire ! ai-je balancé.

Sa bouche s'est ouverte, dévoilant des morceaux de hamburger à moitié mâchés.

J'ai regardé mes pieds qui pendaient au bout de la remorque, incapable d'affronter son regard.

– J'ai découvert que j'étais porteuse du gène, il y a un moment. Je vais devoir choisir, le jour de mon vingtième anniversaire, si je veux faire le Rituel ou non.

Jed n'a rien dit. Ce qui a confirmé que tout cela n'était qu'une mauvaise idée. J'ai commencé à me lever, il m'a retenue d'une main.

– C'est un bien lourd fardeau à porter. Je suis content que tu me l'aies dit. Comme ça, je vais pouvoir t'aider.

J'ai enveloppé Jed de mes bras si vite que j'ai envoyé valser son burger.

– Merci, Jed. Merci d'être toujours là pour moi.

Il m'a serrée contre lui en me caressant le dos.

– Merci d'être mon meilleur ami, ai-je dit, sachant que j'avais son soutien inconditionnel.

Ève

Snow a sauté de la table d'examen tandis que Kimbringe griffonnait quelque chose sur son dossier.

Je lui avais fait part de ma théorie selon laquelle ma fille était une sorte de phare et, si j'étais d'accord, il tenait à l'examiner pour confirmer notre analyse.

Je détestais que Snow serve de rat de laboratoire, mais il y avait tant de choses que j'ignorais à son sujet.

– Va jouer dans ta chambre, Snow. Je dois discuter avec tonton Kimbringe.

Elle a hoché la tête avant de partir en courant, ignorant à quel point elle était spéciale.

– Alors comme ça, je suis tonton, maintenant ?

– J'imagine que « parrain » conviendrait mieux, ai-je répondu en jouant avec un stéthoscope, l'esprit ailleurs. Non pas qu'elle comprenne la différence…

– Oui, son esprit est innocent et enfantin, mais ses pouvoirs… c'est une tout autre histoire, a dit Kimbringe avec sérieux.

La nervosité me dévorait l'estomac.

– Quelles sont tes conclusions ?

Quand il s'agissait de Snow, j'étais toujours anxieuse.

– Elle a définitivement une connexion unique à la Frénésie, même si elle ignore ce que cela signifie pour le moment. En raison de cette connexion, elle est attirée comme un magnet par toutes les créatures Frénétiques.

Ce diagnostic ne me plaisait décidément pas.

– Je refuse que Snow s'approche de ces trucs, ai-je grogné.

Kimbringe a marqué une pause pour bien choisir ses mots.

– Grâce aux pouvoirs de Snow… on pourrait réussir à localiser les créatures avant qu'elles ne…

BOUM !

Je venais de renverser une étagère remplie de bocaux en verre contenant des herbes médicinales. Je me fichais qu'il s'agisse de l'infirmerie de la Maison de la Meute et que les réparations soient directement imputées au budget de Raphael.

J'allais tout casser.

– Ma fille n'est pas une arme !

Ma voix tremblait de rage.

– Ève, je comprends ta sensibilité quand il s'agit de ta fille, mais des gens meurent. Et grâce aux dons de Snow, on pourrait empêcher ça, a dit Kimbringe en essayant de me raisonner.

Mais c'était peine perdue.

– Tu me connais, tu sais ce que j'ai traversé, ai-je asséné avec colère. J'ai été utilisée comme une arme toute ma vie…

– Ève, s'il te plaît, écoute-moi…

J'ai marché sur le verre brisé et je suis sortie sans me retourner.

– Ma fille ne suivra pas ce chemin.

Reyna

Quand je me suis garée devant la maison, j'ai aperçu la voiture de papa dans l'allée.

Il est enfin rentré !

Une semaine seulement s'était écoulée, mais on aurait dit qu'il était parti depuis une éternité.

J'ai bondi hors de la voiture et me suis précipitée à l'intérieur.

– Papa ! Comment c'était, cette croisière ?

Il n'était pas dans l'entrée, je n'y ai trouvé qu'Anya, et on aurait dit qu'elle venait de siroter une bouteille de jus de citron.

– Qu'est-ce qu'il y a, Anya ? Où est papa ?

– Euh… Rey… tu ferais mieux de te préparer…

Ma sœur a été interrompue par notre père qui est sorti du salon pour me faire un gros câlin. Il était bronzé et avait pris quelques kilos.

– Reyna, ma grande. C'est tellement bon de retrouver mes filles, a-t-il dit, jovial.

– Comment c'était, ce voyage ? ai-je demandé, en lui décochant un coup de coude dans les côtes. T'as croisé des jolies poulettes ?

– Eh bien, justement…

Papa s'est retourné vers le salon et j'ai vu une main délicate, très féminine, aux ongles peints, s'accrocher à la sienne.

Putain, c'est q…

Une grande femme longiligne qui avait l'air tout droit sortie du *Titanic* s'est avancée dans l'entrée, une étole en vison sur les épaules et un sac Chanel au bras.

Elle était belle de la même manière qu'un cadeau bien emballé…

Toute en plastique.

– Chérie, j'aimerais te présenter Blaire, la femme la plus incroyable du monde, a déclaré papa, un sourire rayonnant aux lèvres.

– Oh, Martin, je t'en prie. La flatterie te mènera… n'importe où avec moi, a-t-elle dit d'une voix un brin nasillarde.

J'ai jeté un regard d'horreur à ma sœur, mais elle savait déjà ce qui allait suivre.

– Vous allez tellement vous amuser en apprenant à vous connaître, les filles ! s'est exclamé papa.

– Pourquoi est-ce que j'apprendrais à connaître une étrangère ? ai-je lâché d'un ton glacial.

Imperceptiblement, les yeux de Blaire se sont plissés.

– Eh bien, parce que… a commencé papa en entremêlant ses doigts avec l'inconnue… c'est votre nouvelle belle-mère.

ÉPISODE 9

LEURRE MARITAL

Reyna

– Où avez-vous bien pu dégoter un prêtre au beau milieu de l'océan ? ai-je crié en faisant les cent pas dans le salon.

Blaire était partie se « rafraîchir » et je comptais bien profiter de mon tête-à-tête avec mon père pour lui remettre les idées en place.

Examiner sa tête.

Vérifier s'il n'était pas infecté par un parasite extraterrestre.

Exorciser le démon qui avait envahi son corps.

Il devait avoir une vraiment bonne putain d'explication pour s'être marié à une complète inconnue sur un bateau de croisière sans en avoir touché un mot à ses filles.

– Reyna, je suis désolé. Nous sommes juste… amoureux, a-t-il dit, souriant comme s'il sentait le parfum enivrant de roses imaginaires.

Bon, à l'évidence, il n'a pas de bonne explication.

Il est juste complètement cinglé.

Anya ne prenait pas les choses beaucoup mieux que moi. Elle laissait courir ses doigts dans ses cheveux en regardant mon père avec incrédulité.

– Papa, tu vois pas que c'est complètement fou ? Qu'est-ce que tu sais de cette femme, au juste ?

– Je sais qu'elle fera l'épouse parfaite, a-t-il répliqué avec enthousiasme. Et une belle-mère encore plus chouette !

Je me suis arrêtée net, manquant m'étouffer.

– Hors de question que j'utilise un mot avec « mère » dedans pour qualifier cette femme.

– Reyna, tu veux bien essayer de t'entendre avec elle ? Pour moi ? Elle me rend heureux, a dit papa, l'air tellement sincère que j'ai ressenti un peu de culpabilité.

Non, je n'ai pas à me sentir coupable. Impossible de faire confiance à une inconnue.

Papa est facilement manipulable, cette femme doit l'utiliser.

– Elle en a forcément après notre argent !

– Oh, ma chérie. L'argent n'est pas un problème pour moi, a affirmé Blaire, se glissant dans la pièce avec un sourire pincé. Mon défunt mari m'a laissé de quoi mener une existence des plus confortables.

Défunt ? ai-je relevé, suspicieuse.

Cette connasse doit être un genre de veuve noire, qui tue des hommes riches pour s'emparer de leur fortune !

– Reyna, reste polie, a dit papa, le ton plein de reproches.

– Tout va bien, Marty, a-t-elle ronronné en s'asseyant sur ses genoux.

Marty ? Beurk !

– Il est décédé dans l'incendie tragique d'une de ses usines, a-t-elle dit, essayant de larmoyer sans toutefois y parvenir, ses canaux lacrymaux devant être asséchés depuis longtemps.

Et je parie que c'est toi qui as craqué l'allumette.

– Nous avons tant de choses en commun, a lancé papa, en entourant la taille de Blaire de ses bras. On est connectés à pleins de niveaux. Le mariage était une étape logique.

La conception de « logique » chez mon père me faisait mal à la tête.

Alors que je voyais Blaire et mon père se câliner, rire et se comporter comme s'ils se connaissaient depuis des années, j'ai pincé les lèvres et commencé à écrire à ma sœur qui se trouvait de l'autre côté de la pièce.

Reyna : Qu'est-ce qu'on va bien pouvoir faire, putain ?
Anya : Mais c'est TROP TARD, Rey.
Anya : C'est pas comme si on pouvait stopper le mariage !
Anya : 👩
Anya : 💍
Anya : 😟
Anya : C'est déjà fait.
Reyna : Je ne vais quand même pas faire comme si tout allait bien.
Reyna : Non mais REGARDE-LES !
Reyna : Y'a un truc chelou.

Je savais que j'aurais dû me réjouir pour mon père, mais quelque chose clochait. Blaire était bien trop parfaite.

Et vous savez ce qu'on dit sur les choses trop belles pour être vraies...

Ève

Reyna ne faisait que s'améliorer sur toute la partie physique de nos entraînements.

Les tactiques de défense.

Le maniement des armes.

Le combat à mains nues.

Mais il y avait un aspect de sa préparation qui nécessitait encore énormément de travail : sa résistance mentale. En tant que vampire, elle aurait besoin d'un esprit des plus forts pour faire face à tout ce qu'elle aurait à affronter.

On s'est assises en face l'une de l'autre dans une pièce calme, nos yeux clos, nos jambes croisées.

– Reste concentrée, la méditation joue un rôle crucial dans nos capacités à contrôler notre esprit.

Reyna gigotait et respirait lourdement. Clairement, elle n'était pas sereine. Quelque chose la préoccupait.

– Que se passe-t-il ?

Je n'avais pas l'intention de jouer les thérapeutes, mais quel que soit le problème, il nous empêchait d'avancer.

– Rien, a-t-elle répliqué vivement. Arrête de parler. Tu me déconcentres.

– Contrôle tes émotions, Reyna. Tes adversaires sauront les utiliser contre toi.

– OH, MON DIEU, ÈVE ! Comment je suis censée méditer si t'arrêtes pas de blablater, a-t-elle continué, irritée.

Bon, j'ai tenté la manière douce. C'était une erreur. Je n'ai pas le temps de jouer les putains de Sigmund Freud.

Si Reyna ne voulait pas s'ouvrir à moi, j'allais trouver mes réponses autrement.

À la manière des vampires.

J'ai pénétré l'esprit de Reyna et, tout comme je m'y attendais, elle n'était absolument pas assez concentrée pour parvenir à m'en empêcher. Cela ne m'a pris qu'un moment pour trouver ce qui l'ennuyait autant.

J'ai écarquillé les yeux et crié :

– Ton père a fait QUOI ?

***

Alors qu'on attendait impatiemment devant la porte des Morgan, Raphael a frappé à nouveau.

Enfin, on nous a ouvert. Et elle était là, dans toute sa perfection plastique, exactement telle que Reyna l'avait décrite. La nouvelle madame Morgan.

On aurait presque dit qu'elle s'attendait à nous voir.

– Vous devez être Ève ! s'est-elle enthousiasmée en nous attirant à l'intérieur. Martin m'a tellement parlé de vous !

– C'est drôle, nous, on ne sait rien de *vous*, ai-je répliqué en lançant un regard en coin à Raphael.

Dès que j'avais appris que Martin avait ramené une inconnue à Lumen, je l'avais répété à Raphael et nous nous étions mis d'accord pour aller la jauger.

– C'est un tel honneur de recevoir l'Alpha du Millénaire chez moi, s'est-elle extasiée.

Même pas vingt-quatre heures ici et c'est déjà chez elle, hein ?

Elle a crié en direction des escaliers.

– Martin ! Nous avons de la visite !

On aurait dit que les trois quarts de la baraque avaient été redécorés. Cette femme allait vite...

Elle s'était mariée sur un bateau de croisière, après tout...

Cependant, je devais admettre que la déco était de bon goût. La maison était bien plus jolie qu'avant.

Martin est descendu, vêtu d'un jean délavé et d'une chemise couleur saumon boutonnée jusqu'en haut. Il avait l'air en forme. Plus affûté que je ne l'avais jamais vu.

– Bienvenue ! a-t-il dit en serrant la main de Raphael et en m'enlaçant rapidement. Que pensez-vous de notre maison ? Blaire a un don pour la déco !

Et pour la dépense, aussi...

– Tout ce que je peux dire c'est : waouh !

Martin nous a invités dans le salon et nous nous sommes assis.

– Je vais nous préparer du thé, a dit Blaire, nous laissant seuls tous les trois.

Gêné, Raphael s'est éclairci la voix.

La famille de Martin avait toujours été une aide financière considérable pour Lumen et la meute de la côte Ouest, mais inviter une étrangère dans ce foyer, après tout ce que nous avions traversé, c'était tout simplement dangereux.

Il fallait que l'on s'assure que Martin comprenait ce qu'il risquait.

Mais à voir son bonheur, peut-être que cela en valait la peine ?

– Vous connaissez la raison de notre présence ? a demandé Raphael abruptement.

– Pour prendre des nouvelles ? a répondu Martin, à côté de la plaque, comme d'habitude.

– Martin… il y a des questions de sécurité… des protocoles à respecter, a commencé Raphael tandis que le visage de Martin s'assombrissait.

– Attendez, c'est à propos de Blaire ? Vous ne voulez pas d'elle ici ?

– Non, Martin, elle a l'air tout à fait sympathique, ai-je dit, même si je n'en avais aucune idée, après tout, je la connaissais aussi bien que la plante verte dans le coin de la pièce. Nous voulons juste nous assurer que tu prends bien en considération tous les aspects de cette situation.

– Si je m'en souviens bien, Ève, cela ne fait pas si longtemps que tu es arrivée dans cette ville, et avec le projet de tuer Raphael, pourtant tu as été accueillie sous mon toit sans subir un interrogatoire démesuré, a rétorqué Martin avec une assurance surprenante.

J'avais la chique coupée. Je n'aurais jamais pensé Martin capable de monter ainsi sur ses grands chevaux. Et à vrai dire… il n'avait pas tort.

– Martin, il faut admettre que c'est une décision qui paraît précipitée, tu n'as pas vraiment pris le temps de la réflexion… a ajouté Raphael, essayant de recadrer notre intervention. Comment peut-on tomber amoureux de quelqu'un qu'on vient de rencontrer… lors d'une croisière ?

– Sans vouloir vous offenser, Raphael, je ne pense pas prendre des conseils sur ma vie amoureuse de votre part, a répliqué Martin. En tant qu'Alpha, vous avez baisé plus d'un millier de femmes avant de vous stabiliser avec Ève. Peut-être même des dizaines de milliers. Vous êtes un ancêtre.

Martin s'est enfoncé dans le canapé et a croisé les jambes.

La bouche de Raphael s'est ouverte. Personne n'avait jamais dû s'adresser à lui de la sorte, alors, que ça vienne d'un quadragénaire lourdaud !

J'ai eu la chair de poule. Je n'aimais pas qu'on me rappelle l'historique sexuel de mon compagnon.

– En vérité, je fais don de sommes astronomiques à cette meute pour lui permettre de fonctionner, a affirmé Martin. Je pense donc que je suis capable de prendre la meilleure décision quand il s'agit de la personne que je choisis comme épouse ou comme compagne, si vous préférez.

Raphael et moi nous sommes regardés, au comble de l'étonnement. Si cette femme inspirait tant confiance à Martin, alors peut-être qu'elle n'était pas si mauvaise, après tout.

***

Nous sommes retournés à la Maison de la Meute, ne sachant pas si notre visite chez les Morgan s'était bien passée ou non. Tout était si… confus.

Nous pensions tous les deux que c'était une bonne chose qu'il ait trouvé confiance en lui, mais il allait quand même falloir le garder à l'œil pour nous assurer que tout ne lui explose pas à la figure.

– J'ai bien besoin d'une bouteille de vin et d'une soirée détente, ai-je dit en entrant dans le hall.

– Je n'aurais pas mieux dit, a répondu Raphael en desserrant sa cravate.

– J'ai bien peur qu'il faille programmer ça un autre soir, a dit une voix familière.

J'ai fait volte-face pour découvrir Killian, appuyé contre la rampe de l'escalier.

– Tu es de retour ! ai-je crié, tout excitée.

Mais l'expression qu'il arborait m'a tout de suite refroidie.

– Quelles sont les nouvelles ? a demandé Raphael qui faisait déjà la grimace.

– Disons que… a commencé Killian en s'approchant prudemment. Ce n'est pas d'une bouteille de vin que vous allez avoir besoin… mais d'une bouteille entière de whisky.

Un sourire est apparu sur son visage.

– Trop bien, j'espère qu'on se croisera.

Est-ce qu'il essayait de ramener le plus de monde possible ? Où était-ce une invitation à sortir ensemble ?

***

J'ai observé mon gigantesque dressing, Anya était assise sur mon lit, en train de parcourir un magazine.

– J'ai rien à me mettre ! me suis-je exclamée, alors que c'était évidemment faux.

Je n'avais juste aucune idée de quoi porter pour une soirée qui était peut-être-mais-pas-sûr un rendez-vous.

Des rangées de tissu noir pendaient des cintres, on aurait dit un enterrement.

Pourquoi est-ce que j'ai pas un seul vêtement de couleur ?! Et si Derek pense que je suis fadasse ?

Me sentant anxieuse, Anya a sauté du lit et a tiré deux robes d'un portant.

– Voilà, essayes-en une. Noire… ou noire.

– C'est désespérant, ai-je dit en m'effondrant sur mon lit. Je ne peux rien t'emprunter, ça m'irait pas.

– Peut-être que Blaire a quelque chose…

Mon regard noir s'est fixé sur ma sœur qui n'a pas osé finir sa phrase. Elle a levé les mains en signe de reddition.

– C'est bon, je plaisante.

J'essayais d'oublier que celle-qu'on-ne-devait-pas-nommer vivait chez nous.

J'ai observé les robes qu'Anya avait sélectionnées avant de les jeter sur le côté.

– Mets juste un jean et un tee-shirt, comme tu le fais toujours, a suggéré Anya qui s'agaçait de mon indécision. Je peux pas t'aider plus.

Dès qu'elle a quitté ma chambre, je me suis saisie de mon téléphone. Peut-être que Jed pourrait m'en dire plus sur ce qui plaisait aux garçons…

Reyna : Hé !
Reyna : Si un mec voulait sortir avec toi, tu mettrais quoi ?
Jed : Si un mec voulait sortir avec MOI ?
Reyna : Déso, laisse-moi recommencer 😅
Reyna : T'aimerais qu'une fille s'habille comment pour un premier rdv ?
Jed : Euh... attends...
Jed : Pourquoi tu me demandes ça ?
Reyna : Je sais pas, parce que t'es un garçon ?
Reyna : Un type vient de m'inviter et je suis un peu nerveuse.
Jed : Oh...
Reyna : Je devrais opter pour un truc sexy ?
Reyna : Ou plus détendu en mode « tenue de tous les jours » ?
Jed : Les deux sont bien.
Jed : Je vois pas pourquoi tu me demandes, par contre.
Jed : T'as pas une sœur pour ce genre de questions ?
Reyna : Bon bah désolée de t'avoir embêté, hein.
Jed : Je comprends juste pas pourquoi tu me demandes un conseil pour un rdv avec un mec, c'est tout.
Jed : Bref.
Jed : Amuse-toi bien.

Je savais pas trop pourquoi Jed était si soupe au lait tout à coup. Je pouvais bien lui demander conseil. On était amis ! C'est ce que les amis font. Il était quand même pas jaloux que je passe du temps avec un autre garçon, si ? Je veux dire, il ne m'avait pas fait d'avance depuis le bal de Yule et c'était il y a des plombes.

Bref, je vais juste mettre ça sur le compte de la Frénésie.

S'il y avait un truc que je pouvais pas mettre sur le dos de la Frénésie, c'était mon manque de sens de la mode, j'allais devoir trouver la tenue parfaite ou j'étais foutue.

Ève

– Je déteste quand les questions restent en suspens, a grogné Raphael en retirant sa chemise avant de s'asseoir sur le lit. Killian nous a apporté davantage de problèmes sans en avoir résolu aucun.

J'ai ôté mon peignoir et me suis glissée dans le lit avec lui.

– Oui, mais maintenant, au moins, on peut se préparer, ai-je dit en me couchant sur le côté, ma nuisette remontant sur ma cuisse.

– Bon, bah… j'imagine… qu'on ne peut rien faire d'autre… qu'attendre, a grogné Raphael, l'esprit ailleurs, tout en me dévorant des yeux.

J'ai eu un sourire en coin quand les mains de mon compagnon ont commencé à remonter le long de mes jambes.

Portails ou non, j'avais des besoins… Mon propre portail avait bien besoin d'être ouvert. J'ai écarté les jambes, je ne portais rien sous ma nuisette.

– Gardons nos théories pour demain matin et concentrons-nous sur ce qui se passe plus près d'ici, ai-je proposé en commençant à me caresser le clitoris.

Raphael a grogné d'excitation avant de plonger son visage entre mes cuisses.

– Complètement d'accord.

Il a commencé à jouer de la langue à l'intérieur de moi. Mon dos s'est arqué quand ses doigts se sont enfoncés dans mes cuisses. Il me faisait tellement mouiller, tout ce que je désirais, c'était qu'il plonge à l'intérieur de moi et me fasse crier. Agressivement, j'ai attrapé ses cheveux pour maintenir sa tête en place.

Raphael a fini par s'écarter pour reprendre sa respiration et s'essuyer la bouche, un sourire en coin.

– Je vais te baiser jusqu'à ce que ni l'un ni l'autre ne puisse plus bouger un muscle.

– C'est une promesse ?

Je me suis penchée pour l'embrasser.

Soudain, un hurlement haut perché s'est fait entendre à l'autre bout du couloir, interrompant nos préliminaires.

Cela venait de la chambre de Snow.

On a bondi hors du lit et couru jusqu'à sa porte, l'ouvrant à la vitesse de l'éclair. Tremblante, elle était assise au milieu de son lit, pointant du doigt la fenêtre ouverte.

– Qu'est-ce que tu as vu ? a demandé Raphael en plaçant ses bras autour d'elle pour la rassurer.

Une faible odeur de fumée flottait depuis l'extérieur. Je me suis penchée par la fenêtre pour voir que quelque chose brûlait sur la pelouse en contrebas…

Des mots… écrits avec des flammes.

ÉPISODE 11

CERCLE DE FEU

Ève

Mes ailes ont jailli de mon dos au moment où j'ai sauté par la fenêtre pour atterrir sur la pelouse en feu. J'ai battu de mes ailes en direction des flammes jusqu'à ce qu'il ne reste plus que des cendres fumantes.

J'étais furieuse, tout mon corps tremblait, ivre de rage. Je me fichais bien des dégâts ou des fumées nocives… C'était ce qui était inscrit, brûlé à même le sol, qui me bouleversait à ce point.

SALE HYBRIDE

L'auteur du message s'adressait à Snow.

Elle était unique – vampire, louve-garou, ensorceleuse dans le même corps. Mais cela la rendait *spéciale*, pas monstrueuse. Être témoin de cette attaque personnelle visant ma propre fille me transperçait le cœur à un point que je n'aurais pas cru possible.

Raphael m'a rejointe et a posé une main sur mon épaule.

– On va trouver qui est responsable, a-t-il grondé. Et le faire payer.

– C'est une menace, ai-je dit d'une voix grave. Pure et simple.

– Tu penses que ça vient de quelqu'un qui hait les mélanges d'espèces surnaturelles ? a demandé Raphael. Quel genre d'ignorant pourrait être aussi haineux ?

– Beaucoup de gens sont comme ça, tu serais étonné, ai-je répondu, parfaitement calme.

Moi-même, j'étais une hybride. Cela avait toujours été difficile pour moi de m'assimiler à un seul groupe. J'y avais toujours été accueillie avec suspicion et méfiance. Je ne voulais pas que ma fille fasse l'expérience de cette fermeture d'esprit.

– Je vais trouver le trou du cul qui a fait ça, ai-je dit avec colère. Et je vais lui régler son putain de compte.

Reyna

Quand je suis arrivée au Café Savante, Derek et son groupe étaient toujours en train d'installer leurs instruments.

Je me suis trouvé une table vide, vers le fond.

Mon Dieu, je dois avoir l'air d'une loseuse d'être arrivée aussi tôt.

J'aimais bien cet endroit. Les gens de plus de vingt et un ans, ce qui n'était pas mon cas, pouvaient commander de l'alcool, mais les mineurs pouvaient consommer des lattes ou des cafés glacés.

C'était fou de considérer qu'à vingt ans, j'allais être une vampire et boire du sang sans avoir le droit de me commander une bière. Les règles des humains… *Bref.*

J'ai senti une main se poser sur mon bras et j'ai sursauté. En me retournant, mes yeux ont rencontré ceux, verts et chaleureux, de Derek.

– Hé ! a-t-il lancé avec enthousiasme. Tu es venue ! Tu es venue seule ?

– Ouais, j'espère que c'est pas grave. Je me suis décidée à la dernière minute, je me suis dit que j'allais passer une tête, ai-je répondu à toute vitesse, me sentant ultra-bête.

Putain, je savais qu'il m'invitait juste pour remplir un peu la salle…

– Non, c'est super ! a-t-il affirmé en m'attrapant par la main pour que je me lève. Viens, je vais te présenter les autres.

Derek m'a guidée jusqu'à la scène et m'a présenté les membres de son groupe.

– Voici Mason, James et Crimson. Ensemble, on forme les Hell Howlers.

La fierté qui se dégageait de lui était adorable. Je me sentais bien plus à l'aise, maintenant qu'il m'avait présenté. Il avait vraiment l'air heureux que je sois là.

Je me suis tournée vers le gars qui attachait des cymbales à sa batterie.

– Crimson, c'est ton vrai nom ?

Il a hoché la tête en silence.

Dans le genre laconique, il se pose là.

Je me suis assise sur le bord de la scène et Derek m'a apporté un soda.

– Déso, j'ai pas réussi à obtenir de bière, a-t-il dit en me faisant un clin d'œil.

– J'ai déjà eu assez d'ennuis comme ça pour avoir bu sans avoir l'âge, ai-je répliqué avec un rire. Je veux pas me retrouver coincée dans un autre comité. Ma vie sociale est déjà bien assez pitoyable.

– Au moins, on est dans la même galère, a dit Derek en me serrant l'épaule.

Crimson a levé les yeux au ciel. J'ai plissé les miens dans sa direction.

T'as quelque chose à dire, le petit garçon au tambour ?

Loin de moi l'idée de faire ma Yoko Ono avec ce groupe, mais il fallait admettre…

Peut-être que ce serait sympa de passer plus de temps avec Derek en dehors du lycée ?

***

Après que Derek avait joué, j'étais au comble de l'excitation. En partie parce que la musique avait été si forte que j'avais toujours des acouphènes, mais aussi parce que… *il était vraiment doué !*

Derek a tenu sa veste en cuir derrière moi pour que je puisse glisser mes bras dans les manches. Elle était parfaitement over-sized.

– Vous avez déchiré ! Sérieux, je ne m'en remets pas, lui ai-je dit avec admiration.

– Ouais, on a encore du pain sur la planche, a-t-il répondu avec modestie.

J'ai souri.

– Tu parles comme un véritable artiste.

– Hé, je peux… je peux te raccompagner à ta voiture ?

– Ouais, bien sûr.

J'ai accepté et il a posé maladroitement son bras autour de mes épaules.

Oh, mon Dieu, c'est la fin… l'heure de se dire au revoir.

Le moment crucial où les rendez-vous finissent en beauté ou meurent d'une longue et douloureuse mort.

Et s'il ne m'embrasse pas ?

Ou pire… et s'il le FAIT ?

Je ne suis pas préparée à ça.

Derek m'a reconduite à ma jeep. On s'est arrêtés à côté de la voiture, sans bouger ni l'un ni l'autre. J'ai commencé à enlever sa veste.

– Tu veux sûrement la récup…

– NON ! Garde-la ! Je veux dire… tu pourras me la rendre la prochaine fois…

– La prochaine fois ? ai-je demandé, confuse. Parce qu'il y aura une…

Avant que j'aie pu finir ma phrase, les lèvres de Derek étaient collées aux miennes, douces et sucrées. Mon dos était contre la portière alors que je me laissais embrasser, me détendant entre ses bras. Il a finalement reculé et nos regards sont restés rivés l'un à l'autre.

– Waouh, s'est-il exclamé, le souffle court.

– Waouh, ai-je répété.

Une demi-seconde plus tard, on s'embrassait à nouveau – avec plus d'urgence, de passion. Ma main s'est agrippée à son dos musclé pendant que la sienne passait dans mes cheveux. Il m'a embrassé le cou, son autre main parcourant mon corps avec précaution, ne voulant pas brûler les étapes.

Après quelques minutes d'extase, on s'est finalement séparés.

– Euh… je devrais rentrer, ai-je dit, incapable de dissimuler mon énorme sourire.

– Pareil, a-t-il répondu avec la même expression béate. C'était… putain de parfait.

– Oui, je suis d'accord.

Je suis entrée dans la voiture dont Derek a fermé la portière derrière moi.

Rien ne pourrait gâcher cette soirée.

***

Quand je me suis garée dans l'allée, toujours la tête dans les étoiles, je me suis brutalement souvenue du grain de sable qui pourrait bien gâcher cette soirée.

Blaire.

Elle marchait autour de la maison, vêtue d'un peignoir fin en soie, marmonnant quelque chose.

Qu'est-ce qu'elle fout ?

J'ai verrouillé ma voiture et me suis avancée sur le côté de la maison pour mener l'enquête.

Elle était de dos, et je ne pouvais pas entendre ce qu'elle disait. On aurait même dit… qu'elle s'exprimait dans une autre langue ? Elle parlait plus vite que la normale, et ses mains étaient levées vers le ciel ?

– On a pris un peu trop d'anxiolytiques ? ai-je demandé, ne plaisantant qu'à moitié.

Blaire a pratiquement sauté hors de son peignoir quand elle a fait volte-face, sans que ses implants mammaires, eux, n'aient bougé d'un poil.

– Oh, bonté divine, Reyna ! Tu m'as fait peur, a-t-elle déclaré avec un rire nerveux. Que fais-tu ici ?

– Qu'est-ce que toi, tu fais ? Tu te balades autour de la maison en pyjama et tu te parles à toi-même.

– Oh, je dois avoir l'air un peu cinglée, a-t-elle dit en lissant son vêtement. Tu m'as eue…

– Tu faisais quoi ?

– Je priais ! s'est-elle exclamée avec enthousiasme. J'aime bénir une nouvelle maison quand j'y emménage. Tu sais, comme Marie Kondo ?

Oh là là, elle est encore plus détraquée que je le pensais…

– OK, bah continue, ai-je répondu en la dévisageant avec méfiance.

Quelque chose à propos de Blaire me semblait louche. Mais si elle voulait virevolter autour de la baraque pour prier, grand bien lui fasse. Elle allait avoir besoin de toute l'aide possible venant du ciel… Parce que j'allais faire de sa vie de croqueuse de diamants un enfer.

Ève

Je n'y connaissais pas grand-chose concernant les groupes anti-hybrides ici, à Lumen, mais je me suis dit que si quelqu'un pouvait m'en apprendre plus, c'était bien Kimbringe. Quand je l'ai appelé, il m'a dit qu'il allait se procurer tous les documents qu'il pourrait trouver. Ce n'était pas comme s'il y avait un annuaire spécial bigots, même si ça m'aurait bien aidée en l'occurrence.

En chemin vers la bibliothèque de Kimbringe, j'ai essayé de refouler la rage que je ressentais à propos des mots écrits avec du feu sur la pelouse.

Sale Hybride.

J'étais soulagée que Snow n'ait pas encore appris à lire, parce qu'imaginer que ces mots puissent l'atteindre me rendait malade. Je ne voulais jamais que ma fille se sente inférieure aux autres parce qu'elle était différente. Quand je trouverais l'auteur de ce message, j'allais lui faire regretter de s'en être pris à *cette* hybride.

Il y a tant de façons de les faire souffrir…

En continuant de marcher, j'ai senti de la chaleur. De la fumée sortait par vagues de la clairière où se tenait la bibliothèque de Kimbringe.

Oh non.

J'ai fusé vers le bâtiment, mes pieds touchant à peine le sol, mais c'était trop tard. L'endroit était devenu un brasier géant. Une main pendait d'une fenêtre de l'étage, agrippée à un livre, et la fenêtre voisine crachait des flammes déchaînées.

Kimbringe était toujours à l'intérieur.

Sur le point d'être brûlé vif.

ÉPISODE 12

L'EMBRASEMENT

Ève

D'un coup de pied, j'ai défoncé la porte en feu et je me suis frayé un passage dans la bibliothèque en flammes. Celles-ci dévoraient le bois finement sculpté et les innombrables livres que Kimbringe avait collectionnés pendant des centaines d'années, désormais réduits à l'état de combustible.

Je me suis concentrée pour disperser l'épaisse fumée noire, mais mes pouvoirs étaient limités ici. Il y avait un élément surnaturel dans ces flammes.

Ce n'était pas un simple incendie.

CRAC !

Une énorme poutre s'est détachée du plafond juste au-dessus de ma tête. J'ai sorti ma faux et fendu l'objet en deux. Cet endroit s'effondrait de toutes parts, et il me fallait récupérer Kimbringe avant que nous nous fassions ensevelir tous les deux.

J'ai cavalé dans ce qui restait des escaliers et j'ai trouvé Kimbringe évanoui contre la fenêtre. Ses cheveux étaient collés par le sang qui coulait d'une plaie. Il avait dû essayer de s'échapper, mais quelqu'un l'avait frappé à l'arrière du crâne.

Je me suis saisie de son corps et l'ai traîné sur le côté juste au moment où une bibliothèque enflammée s'abattait sur nous.

Kimbringe a remué.

– Ève… c'est toi ?

– Il fallait bien que quelqu'un te sauve les fesses.

Je l'ai hissé contre le seul mur épargné par les flammes.

L'incendie dévastateur se reflétait dans ses lunettes. Ses yeux étaient pleins de désespoir.

– Tout ce savoir… perdu à jamais, a-t-il déploré, les mains tremblantes, en s'agrippant à l'un de ses derniers livres indemnes.

Des étagères tombaient comme des dominos, créant des départs de feu un peu partout dans la pièce. J'aurais aimé sortir mes ailes et voler loin d'ici, mais elles auraient immédiatement pris feu.

Nous étions acculés dans un coin de la pièce, le feu gagnait du terrain.

Mais je n'avais pas dit mon dernier mot.

– Accroche-toi à moi, ai-je dit à Kimbringe en levant les mains et en les pressant contre le mur.

Sous mes doigts, alors que je convoquais mes pouvoirs, les matériaux se sont mis à brûler, fondant comme de la lave en fusion. La bouche de Kimbringe s'est ouverte toute seule tant il était choqué.

– J'ai un peu touché à la magie de feu, il y a longtemps, ai-je précisé avec un sourire en coin. Parfois, il faut combattre le feu par le feu.

Quand le trou a été assez grand, j'ai attrapé Kimbringe et nous ai précipités dehors, ouvrant mes ailes une fois que nous étions assez loin de tout danger. Nous avons glissé lentement sur le sol quelques mètres plus loin et j'ai aidé Kimbringe à se redresser sur ses jambes tremblantes.

La Divinité s'est appuyée sur moi en regardant un millénaire de travaux s'envoler en fumée.

***

J'ai installé Kimbringe bien confortablement à la Maison de la Meute et Raphael lui a servi un verre bien chargé.

Je n'avais pas prévu d'accueillir une Divinité ce soir, mais des choses plus étranges étaient arrivées. Au moins, maintenant, j'allais être en mesure d'obtenir des réponses.

Assise en face de Kimbringe j'ai commencé à lui poser des questions :

– Tu as vu l'incendiaire ?

– Oui, un jeune homme doté de pouvoirs magiques, a-t-il indiqué en avalant une gorgée de scotch.

Je savais bien que j'avais décelé de la magie.

– Quel genre ?

– Un pyrokinésiste, je pense. Très puissant, grâce au déséquilibre de la Frénésie.

– Ce doit être le même individu qui a menacé Snow, ai-je dit en serrant les poings. Il mène une vendetta contre les hybrides.

– Eh bien, il n'a pas l'air d'apprécier les Divinités non plus, a affirmé Kimbringe en remontant ses lunettes.

– Peut-être qu'il hait tout ce qui échappe à sa compréhension, a proposé Raphael qui était assis à côté de moi.

– Il y a peu d'hybrides à Lumen. Ce sera facile pour lui de nous traquer, ai-je répondu, l'air sombre.

– Alors c'est à nous de le trouver en premier, a grondé Raphael.

Kimbringe m'a lancé un regard très sérieux.

– Et on a un très bon moyen pour le faire.

Mon cœur s'est mis à battre la chamade et la colère a gonflé en moi.

– Non. Je t'interdis même de le suggérer.

– Ève, elle pourrait nous mener à…

J'ai bondi sur mes pieds et me suis approchée de Kimbringe.

– Snow n'est PAS un putain d'outil ! Tu comprends ? Ce n'est pas négociable !

J'ai regardé Raphael, attendant son soutien, mais il n'a rien dit.

OK, vous voulez que ça se passe comme ça…

Je suis sortie de la pièce comme une furie, je me fichais bien que tout Lumen puisse être réduit en cendres. Ma fille ne serait pas utilisée comme un genre de GPS pour monstres Frénétiques !

Reyna

OK, Blaire, voyons voir qui tu es vraiment.

Je me suis glissée dans le bureau de papa au beau milieu de la nuit après m'être assurée qu'il dormait. Blaire ronflait à côté de lui, un masque de nuit sur le visage.

Avec toute cette chirurgie plastique, elle aurait pu faire redresser son septum…

Une partie de moi me disait que j'étais parano, mais quelque chose à propos de Blaire n'était pas normal. En fait, rien à propos de Blaire n'était normal.

J'ai fouillé dans la poubelle, en tirant des relevés bancaires et des reçus. Blaire avait vraiment fait chauffer la carte bleue. D'accord, jusqu'ici ses achats n'avaient pas été superflus, mais j'étais certaine de trouver quelque chose de scandaleux si je fouillais bien.

4,95 $ pour du papier à lettres.

67,30 $ pour des fruits et légumes bio.

29,99 $ pour une bouilloire en acier trempé.

13,75 $ pour des préservatifs nervurés lubrifiés…

En frissonnant, j'ai jeté le paquet de reçus.

Beurk, beurk, beurk !

C'était une fausse piste. C'est dans le passé de Blaire qu'il fallait que je cherche. Enquêter sur la façade qu'elle arborait actuellement ne m'apprendrait rien. Je me suis connectée à l'ordi de mon père et j'ai trouvé le site web qu'il avait utilisé pour réserver sa croisière de célibataires. Son compte était toujours connecté.

Je me sens vraiment mal de regarder ça.

Même s'il paraissait un brin désespéré, le profil de mon père n'affichait rien d'extraordinaire, mais le reste du site...

Avec les croisières magiques du clair de lune : trouvez la femme de vos rêves !

C'était clairement de l'arnaque. Des faux liens étaient disséminés partout sur le site. Les témoignages qui y étaient publiés semblaient hyper faux. Quand on la cherchait sur un moteur de recherche, on ne trouvait rien sur cette entreprise. Tout ce truc puait l'embrouille. Mon père avait-il vraiment pris part à une croisière ?

En y réfléchissant, j'ai remarqué qu'il n'avait pris aucune photo. Pourtant, papa documentait avec soin chaque aspect de notre vie de famille quand on partait en vacances.

J'ai entendu des bruits de pas dans les escaliers et j'ai immédiatement fermé la fenêtre pour en ouvrir une autre à propos de jeux de carnaval.

Blaire est apparue dans l'embrasure de la porte, me lançant un regard curieux.

– Reyna, que fais-tu debout si tard ?

J'ai fait semblant de bâiller.

– Je fais partie du comité de planification du carnaval. On a une réunion ce matin et il y a teeeellement de boulot encore...

– Eh bien, je vais juste prendre un verre d'eau. N'oublie pas que, pour avoir bonne mine, chaque heure de sommeil compte, a-t-elle dit, apparemment convaincue que je lui disais la vérité.

Tu peux la faire à l'envers aux autres, Blaire, mais je suis pas si crédule.

Je sais que tu n'es pas qui tu prétends être.

Ève

Je suis sortie de la Maison de la Meute. J'étais furieuse, et j'avais besoin de m'éclaircir les idées. Je n'arrivais pas à croire que Kimbringe insiste autant pour qu'on utilise Snow comme une putain d'arme secrète.

C'était juste une petite fille. Elle n'avait pas à être impliquée dans ce genre d'affaires. Mon passé était loin d'être immaculé. En fait, il était même très sale. Mais tout ce que j'avais fait, c'était pour que Snow mène une meilleure existence que la mienne. J'allais continuer à m'assurer qu'elle ait la plus belle des vies, libre de tout fardeau. Puissante ou non, Snow ne devait rien à personne.

Et moi non plus.

J'ai sauté tout en haut d'un arbre et j'ai commencé à bondir de cime en cime, mon esprit et mon cœur allant à toute vitesse.

Je me sentais déjà assez coupable d'avoir entraîné Reyna dans tout ce bordel… et ce sentiment ne m'était pas très familier. Mais concernant ma si précieuse et innocente petite fille… Je ne pouvais juste pas accepter ce que Kimbringe me demandait de faire.

J'ai arrêté de sauter et je me suis appuyée contre le tronc d'un arbre pour reprendre ma respiration. Un courant d'air a soufflé une substance blanche et poudreuse dans l'air.

En parlant de Snow, il neige…

Mais ce n'est pas possible, c'est le printemps ?

J'ai attrapé cette poudre et elle s'est aussitôt désintégrée et transformée en poussière.

Ce n'était pas de la neige…

C'était de la cendre.

Je suis remontée au niveau des cimes pour mieux voir la ville. Lumen brillait d'un halo orange et rouge, mais ce n'était pas le coucher du soleil. La ville était en feu !

La culpabilité, cette sensation que je ne ressentais que très rarement… s'est abattue sur moi, tel un tsunami.

Le pyromane parcourait Lumen, ne laissant que dévastation derrière lui. S'il n'était pas arrêté, il allait probablement détruire la ville entière. Si Snow utilisait ses pouvoirs, elle pourrait sans doute le localiser… Mais est-ce que j'avais envie qu'elle prenne ce risque ? Ou est-ce que j'allais rester en retrait et regarder Lumen brûler ?

ÉPISODE 13

CRACHEUR DE FEU

Raphael

Tandis que je marchais parmi les ruines fumantes du quartier industriel de Lumen, j'étais encore stupéfait devant les dégâts qu'une seule personne avait pu provoquer dans cette ville… La ville que j'étais censé protéger. Quel genre d'exemple je donnais, en tant qu'Alpha du Millénaire, quand je laissais tout un quartier être ravagé par les flammes ? Heureusement, ce n'était pas des bâtiments résidentiels, mais la prochaine fois ?

On n'avait toujours pas attrapé le pyrokinésiste, il pourrait être n'importe où.

Un nuage de cendres s'est soudain dressé devant moi, telle une tempête de poussières. J'ai levé les yeux pour apercevoir Ève qui atterrissait, ses longues ailes battant furieusement derrière elle. Une fois au sol, elle les a repliées et elles ont disparu dans son dos.

– Aucune trace de lui, a-t-elle affirmé, un peu essoufflée. Mais je n'ai pas dit mon dernier mot.

En vérité, on n'avait pas besoin de continuer à chercher. On avait le moyen de le trouver, là, maintenant… Mais Ève ne voulait pas en entendre parler.

J'ai désigné les bâtiments effondrés autour de nous.

– C'est très grave, Ève, on n'a pas le temps de chercher une aiguille dans une botte de foin.

– Tu suggères quoi ? a-t-elle demandé, sur la défensive.

– Je pense que… (J'ai hésité, mais je savais que c'était ce qui devait être fait.) Je pense qu'il est temps qu'on fasse appel au pouvoir de Snow.

Les yeux d'Ève se sont mis à briller d'un mélange de trahison et de colère.

– Tu mettrais notre fille en danger ? Tu risquerais sa vie pour en sauver d'autres ?

– Merde, Ève ! Je ne suis pas un simple Alpha. Je suis le putain d'Alpha du Millénaire ! Peut-être que, pour toi, c'est normal de rester les bras ballants à regarder des gens mourir, mais je n'ai pas ce luxe. C'est mon devoir de protéger cette ville !

– Et qu'en est-il de ton devoir de père ? Celui de protéger ta fille ? a rétorqué Ève, hargneuse. Tu as oublié ce détail ?

– Snow peut nous aider à sauver des vies ! On sera présents tous les deux pour la protéger !

Quand Ève s'est retournée, ses crocs étaient sortis. Cela n'arrivait quasiment jamais.

– On sera là tous les deux, tu dis ? a-t-elle répété, du venin dans la voix. Tu n'étais pas là pour protéger Snow pendant cinq cents ans ? Pourquoi tu le ferais maintenant ?

Elle aurait aussi bien pu m'ouvrir la poitrine à l'aide de sa faux. C'était un coup bas et ça faisait affreusement mal.

– Si… si j'avais su…

– Si tu avais su, tu n'aurais rien fait, a craché Ève. Tu n'étais pas prêt à être père à l'époque, et tu ne l'es pas plus maintenant.

Ses ailes se sont à nouveau déployées et elle s'est élevée dans les airs avec une telle force que j'ai failli tomber à la renverse. Quelques instants plus tard, elle a disparu à l'horizon, me laissant seul au milieu des ruines.

Peut-être avait-elle raison ?

Peut-être je n'avais pas seulement échoué à protéger cette ville…

Peut-être que j'étais aussi un mauvais père…

Ève

Dans le ciel, alors que l'air mordant du matin s'attaquait à mon visage, j'ai commencé à me sentir coupable de ce que j'avais dit à Raphael.

J'ai plané jusqu'à une colline isolée surplombant la ville, afin de mettre de l'ordre à mes pensées.

Quand il s'agissait de Snow, je serais toujours sur la défensive, mais Raphael n'était pas juste le père de ma fille… il était mon compagnon. Nous étions censés faire front ensemble. Parfois, je l'oubliais. Nous avions passé cinq cents ans séparés, et nous nous étions battus pour nous retrouver. Je n'allais pas le laisser tomber à cause d'une dispute, peu importait combien j'étais remontée.

Je n'abandonnerais pas notre couple, pas à nouveau.

Si l'on mettait de côté la dureté de mes mots, le problème restait le même, nous étions à un carrefour crucial. Un choix devait être fait, et je connaissais déjà la position de Raphael. Il m'avait dit quelque chose que Reyna avait déjà suggéré par le passé… Que je ne pouvais pas rester là, à ignorer la souffrance et la douleur des gens.

Suis-je si froide et insensible aux autres ?

Reyna avait très exactement dit que j'avais un « putain de cœur de pierre ». Peut-être avait-elle raison…

J'avais lancé à Raphael qu'il n'était pas prêt à se comporter en père. Mais, si moi, je n'étais pas prête à agir en mère ? Quel genre d'exemple je donnais à Snow ? Quel genre de message je lui envoyais ? Relaxe et regarde les autres crever tant que ça ne t'impacte pas ?

Mon détachement n'était peut-être pas héréditaire, malgré ce qu'avait suggéré Reyna avec cruauté, il pouvait être transmis par l'exemple.

Et ce n'est pas ce que je voulais pour Snow.

Je le refusais absolument.

Reyna

C'était le jour des auditions pour savoir qui jouerait pendant le carnaval et jusqu'ici… c'était la cata.

J'ai soupiré très fort, cognant ma tête contre la table alors qu'un type à poil récupérait ses vêtements éparpillés au sol et courait hors de la tente.

– Bon, peut-être que s'il avait *vraiment* réussi à se transformer sans déchirer ses vêtements, ça aurait été impressionnant… a lancé Derek qui se retenait de rire.

– C'était genre la quatorzième audition qu'on a vue ce matin, et chaque numéro est pire que le précédent.

– Et si on avait droit à une contorsionniste, après ? a dit Derek, un grand sourire aux lèvres et un éclat de malice dans le regard. Ce serait si sexy…

Je l'ai dévisagé, vraiment pas d'humeur.

– Pas aussi sexy que toi, bien sûr, s'est-il rattrapé avant de déposer un baiser sur ma joue.

Je ne savais pas trop ce qu'on était, lui et moi. Peu importait, pour l'instant. Je m'amusais et lui aussi.

On avait installé une rangée de chaises pliantes rouges dans le fond d'une énorme tente plantée devant le gymnase. L'extérieur du lycée commençait à vraiment ressembler à un carnaval, et malgré ma haine initiale de ce comité, l'enthousiasme me gagnait peu à peu.

Si seulement on avait des artistes potables… je vais finir par pleurer d'ennui.

Marcy, la coordinatrice, s'est levée avant de s'éclaircir bruyamment la voix, essayant de capter notre attention.

– OK, bon, je sais que la journée a été longue, mais accrochez-vous ! a-t-elle déclaré de sa voix sucrée. Le prochain numéro a l'air formidable !

– J'en doute fort, ai-je murmuré à Derek.

– S'il vous plaît, veuillez applaudir notre premier… cracheur de feu ! s'est-elle exclamée en tapant dans ses mains de manière hystérique.

Derek a haussé les épaules.

– Hé, celui-là n'a pas l'air mal.

Un jeune homme, portant un jean sombre et un tee-shirt déchiré, s'est placé au centre de la tente. En passant à côté de moi, il m'a jeté ce que j'aurais pu jurer être un regard mauvais. Une fois en face de nous, j'ai réalisé que ce n'était pas juste une impression. Il y avait bel et bien de la haine dans ses yeux, et elle m'était destinée.

C'est quoi son problème, à ce type ?

Derek a semblé le remarquer, lui aussi, parce qu'il m'a jeté un regard interrogateur.

– Tu connais ce mec ?

– Jamais vu de ma vie, ai-je répondu, me sentant soudain mal à l'aise.

– Mesdames et Messieurs, a crié le cracheur de feu, s'adressant au comité. Je vous réserve un de ces spectacles !

Il a tourné sur lui-même dans une spirale de feu. Le comité a tapé dans ses mains et a crié d'enthousiasme, mais j'étais toujours tétanisée.

Il a penché la tête en arrière et il a ouvert grand la bouche, crachant un geyser de feu.

– C'est ouf, a lancé Derek, visiblement happé par la performance.

– Comment il fait ça ? ai-je demandé, confuse. Il n'a ni accessoires ni essence.

– C'est de l'illusion, a soufflé Derek.

Le cracheur de feu s'est tourné face à nous. Ses lèvres se sont ourlées dans un sourire intimidant. Ses doigts ont claqué et une boule de feu s'est matérialisée dans sa main. Ses yeux étaient à nouveau rivés à moi.

– J'espère que tu aimes jouer à la baballe.

Il a lancé la boule de feu droit sur moi.

– Reyna, attention ! a hurlé Derek, me plaquant au sol pendant que les flammes passaient juste au-dessus de ma tête.

– C'est… c'est un pyrokinésiste ! ai-je soudain réalisé en relevant la tête pour l'apercevoir avancer au pas de charge, une nouvelle boule de feu à la main. Il utilise sa magie.

Et je parie que ses pouvoirs sont décuplés par la Frénésie.

– Sale enfoiré ! s'est écrié Derek, qui commençait à se transformer.

Il a foncé sur le pyrokinésiste, mais a été projeté dans les gradins par la magie de notre assaillant.

– Derek ! ai-je crié, essayant de me redresser.

Tout le monde criait et s'éparpillait.

Le pyrokinésiste s'est agenouillé près de moi et m'a soufflé à l'oreille :

– Je sais ce que tu es, *hybride*, mi-vampire, mi-humaine. Dégueulasse.

– Co… comment…

Le type a saisi mon poignet, me brûlant la peau. J'ai plongé mon regard dans le sien, fou et enflammé.

– Cette magie de feu m'a été confiée, a-t-il déclaré, l'air complètement désaxé. Tu veux savoir pourquoi ?

Des larmes me sont montées aux yeux, il serrait mon poignet encore plus fort.

– Pour purifier le monde de toutes les immondices dans ton genre.

– La seule immondice ici, c'est toi, a lancé une voix qui m'était familière.

Les yeux du pyrokinésiste se sont écarquillés de peur quand une ombre ailée lui est tombée dessus.

C'était Ève…

Et Snow l'accompagnait.

Ève

Quand j'ai senti que Reyna était en danger, je me suis insultée d'avoir hésité si longtemps avant de passer à l'action.

Snow était la personne la plus importante du monde à mes yeux, mais elle n'était pas la seule à compter pour moi.

Si les dons de Snow pouvaient m'aider à arrêter les connards haineux comme ce type, j'aurais dû accepter qu'elle nous assiste bien plus tôt.

– SALES HYBRIDES ! TOUS AUTANT QUE VOUS ÊTES ! a hurlé le pyrokinésiste en se redressant.

Il s'est mis à tirer des boules de feu dans toutes les directions, embrasant la tente.

– Reyna, emmène Snow loin d'ici, ai-je ordonné, les protégeant toutes deux à l'aide de mes ailes.

– Et toi ? a-t-elle demandé, inquiète.

– Je ne veux pas que tu assistes à ce qui va suivre, ai-je répondu, l'air sombre.

Reyna avait l'air hésitante, mais elle a attrapé Snow et elles ont fui hors de la tente en feu pendant que j'affrontais le pyrokinésiste.

– On ne t'a jamais dit qu'il ne fallait pas jouer avec le feu ? ai-je lancé, les yeux plissés, en matérialisant ma faux.

Rapidement, j'ai marmonné une incantation et la lame de ma faux s'est embrasée d'une flamme bleue.

– Tu pourrais te brûler.

– Tu penses que c'est moi, le danger, ici ? a-t-il ri, hystérique. C'est de ta propre fille que tu devrais avoir peur. C'est une abomination ! C'est…

Avant qu'il n'ait pu prononcer un autre mot, sa tête roulait sur le sol. Le reste de son corps est tombé, inerte, son cou instantanément cautérisé par ma lame chauffée à blanc.

Son règne de haine était terminé… mais ses mots me hanteraient longtemps.

C'est de ta propre fille que tu devrais avoir peur.

ÉPISODE 14

DU DÉSIR DANS L'AIR

Reyna

J'ai plaqué mes mains sur mes oreilles quand Marcy a beuglé dans son mégaphone :

– CODE ROUGE ! CODE ROUGE !

J'ai jeté un regard à Derek et je me suis mise à rire.

– J'imagine que ça veut dire qu'on est à court de confettis.

Le carnaval de Lumen aurait lieu dans deux semaines, tout le lycée était dans un état d'hystérie générale. Avoir failli nous faire flamber n'avait en rien aidé.

Une calamité d'un tout autre ordre se dirigeait à présent droit sur moi.

– VOUS DEUX ! a hurlé Marcy en nous désignant du doigt, Derek et moi. J'AI BESOIN DE VOUS !

– Marcy, baisse ce mégaphone, ai-je crié en retour. Je suis juste à côté de toi !

J'étais à deux doigts de lui arracher ce truc et de lui en mettre un coup sur la tête. Toute rouge, elle a baissé sa machine et s'est approchée de nous.

– Je viens d'apprendre que le carrousel qu'on a loué était livré avec des animaux non peints !

– Et alors ?

– Alors ce ne sont rien que des blobs tout blancs !

– On a qu'à dire que ce sont des animaux albinos, a suggéré Derek en m'adressant un sourire en coin.

Marcy n'était vraiment pas d'humeur à rire.

– J'ai besoin que vous restiez plus tard pour vous en occuper, a-t-elle dit en tapotant le sol de son pied. Les autres sont déjà occupés, et vous semblez toujours réussir à esquiver la distribution des tâches.

Merde, ça a fini par nous rattraper… et maintenant, on se retrouve avec le boulot le plus dur…

– On sera payés en heures sup au moins ?

– FAITES-LE !

Elle a tourné les talons et martelé le sol en s'éloignant.

– S'il y a un dragon, il est pour moi, ai-je dit à Derek.

Il m'a adressé un sourire provocateur avant de me pousser sur le côté.

– Pas si j'arrive avant toi !

***

Il faisait nuit, mais nous disposions d'un projecteur pour nous éclairer en travaillant. Même si ce boulot était fatigant, je devais avouer que c'était plutôt drôle. Aucun dragon à signaler, mais il y avait une licorne, alors je l'ai peinte en noir.

Marcy allait a-do-rer.

J'ai dû empêcher Derek de dessiner des trous de balle sur tous les animaux même si ça aurait été hilarant.

Quand on a enfin terminé, on s'est effondrés à même le carrousel, couverts de peinture.

– Je pense qu'on a vraiment réussi à apposer notre marque de fabrique, ai-je dit en riant.

– C'est définitivement le carrousel le plus cool que j'aie jamais vu, a répliqué Derek, les yeux brillants. Hé... et si on le mettait en route ?

– Sans opérateur ?

– Je pense pouvoir me débrouiller, a-t-il répondu en se redressant pour se diriger vers la cabine de contrôle.

Pendant qu'il jouait avec les boutons, j'ai admiré notre travail. Des Pégase, des griffons, des ours-garous en technicolor. On avait vraiment fait du bon boulot. J'étais fière de nous.

Soudain, j'ai entendu un gros « clic ». Un moteur s'est enclenché, animant le carrousel. Les lumières se sont mises à danser, le manège commençait à tourner et une douce mélodie s'est élevée des haut-parleurs.

– Gagné ! s'est exclamé Derek en sortant de la cabine avec un large sourire.

On s'est glissés dans une calèche tirée par un cheval ailé.

– Les éclairs, c'est vraiment le détail qui tue, ai-je dit, ravie.

Soudain, Derek m'a attrapé le visage pour déposer un baiser mouillé sur mes lèvres, sa main a glissé le long de ma jambe jusque sous ma jupe.

Ou alors c'est peut-être ça, le détail qui tue...

Sous sa caresse, j'ai doucement gémi.

J'ignorais si c'était parce qu'on avait bossé toute la soirée et que j'avais besoin de me détendre... ou parce que ce manège était d'un niveau de romantisme digne des contes de fées, mais... j'étais EXCITÉE comme jamais.

– Tire-moi les cheveux.

Derek m'a jeté un regard surpris.

– Vraiment ?

– Oui, tire dessus, ai-je répété.

Il a obéi et ma tête s'est retrouvée en arrière alors qu'il m'embrassait le cou.

Quelque chose d'étrange était en train de s'emparer de moi.

Les baisers de Derek se sont faits de plus en plus dévorants et affamés. Je pouvais sentir que cette chose l'atteignait, lui aussi.

Ce n'était pas assez. J'avais besoin de plus.

– Derek, j'ai envie de toi, ai-je gémi.

Ma tête me répétait que ce n'était ni le moment ni l'endroit, mais mon corps hurlait : « Prends-moi, maintenant ! »

Sans hésitation, il m'a retiré mon haut, avant de commencer à déboutonner son jean.

C'est la Frénésie ? On dirait pas...

Je me suis mise à califourchon sur Derek et ses mains m'ont pressé les fesses. Chacun de ses baisers se faisait plus profond et plus intense. Il m'a tenu le visage d'une main avant d'enfoncer doucement son pouce dans ma bouche. Je l'ai mordu, faisant apparaître un peu de sang. Il n'a pas cillé. Son autre main s'est glissée dans ma culotte et, l'instant d'après, j'ai senti ses doigts en moi. J'ai laissé échapper un petit cri excité avant de m'abandonner au plaisir.

La sensation était magique, mais pour une raison qui m'échappait, j'en voulais toujours plus. Cela ne me satisfaisait pas. Je ne pensais pas être prête pour aller jusqu'au bout, mais je ne parvenais pas à m'en empêcher. Des pulsions sexuelles incontrôlables m'assaillaient. J'en avais besoin, maintenant.

Ma main s'est glissée dans son pantalon et j'ai commencé à masser sa bite. Elle semblait énorme contre mes doigts et réagissait à mon toucher.

– Reyna... est-ce que... tu veux...

Derek était si enivré par le moment que l'on partageait qu'il parvenait à peine à s'exprimer.

– Je... je crois... ai-je répondu avec nervosité.

Alors que je chevauchais Derek, il m'a attrapé les hanches et j'ai levé les yeux vers les miroirs qui recouvraient le plafond de notre calèche.

L'étrange sensation qui me traversait ressemblait presque à un rêve, mais je savais que c'était réel. J'étais sur le point de perdre ma virginité.

Soudain, j'ai vu quelque chose de bizarre dans le reflet du miroir… Des ailes de chauve-souris. Je ne me souvenais pas d'avoir peint un tel animal… Les ailes ont bougé et j'ai hurlé, bondissant loin de Derek avant de m'écrouler sur le sol du manège qui tournait.

– Quoi ? Que se passe-t-il ? m'a demandé Derek, inquiet. Je suis allé trop loin ?

– Non, j'ai… j'ai vu quelque chose, ai-je expliqué tandis que mes yeux fouillaient le carrousel.

Mais qu'est-ce que j'avais vu, exactement ?

Ce truc s'était envolé et avait emporté avec lui mes intenses pulsions sexuelles.

Ève

J'avais à peine adressé la parole à Raphael depuis notre dispute à propos des pouvoirs de Snow. Je lui devais des excuses, mais les mots du pyrokinésiste me hantaient et je ne parvenais à me concentrer sur rien d'autre.

Ce connard enflammé ignorait tout de Snow, à part qu'elle était une hybride, mais ses mots m'avaient quand même heurtée. En vérité… parfois Snow m'effrayait, moi aussi. Ses pouvoirs arrivaient si rapidement… et je ne savais pas comment gérer une préado, encore moins une préado qui disposait de dons difficiles à contrôler.

J'ai frappé à la porte de la chambre de Kimbringe, à la Maison de la Meute, espérant qu'il pourrait m'apporter quelques réponses.

– Entrez ! a-t-il crié.

Je pouvais à peine ouvrir la porte tant il y avait de bazar sur le sol. Des livres, des fringues et des artefacts divers et variés.

– Que se passe-t-il ? ai-je demandé en le regardant enfoncer une pile de livres dans une valise qui débordait déjà. Tu vas quelque part ?

– J'en ai bien peur, a-t-il répondu en s'arrêtant un instant pour me dévisager. Ce déséquilibre dans la Frénésie… je commence à croire qu'il s'agit d'une sorte d'intervention divine.

– Tu veux dire qu'une Divinité pourrait en être à l'origine ?

– Une… ou plusieurs. Je vais trouver qui se cache derrière ce phénomène. Si nous ne remontons pas à la source de ce problème, nous ne pourrons y mettre fin.

– Et qu'est-ce qu'on fait, alors ? On continue de tabasser toutes ces créatures Frénétiques pendant que tu chemines jusqu'au mont Olympe ou n'importe quel endroit que les dieux ont choisi pour s'établir ? lui ai-je demandé, avec colère.

– Je crois que tu mélanges les mythologies, Ève.

– C'était juste une façon de parler, ai-je marmonné. Tu ne peux pas nous laisser seuls. On a besoin de toi ici.

– J'ai pleinement confiance dans le fait que tu parviendras à diriger l'équipe spéciale sans moi, a argué Kimbringe en reprenant son remplissage de valise. Je t'ai vue à la manœuvre d'innombrables fois, tu peux gérer à peu près n'importe quelle situation.

– Et Snow ? ai-je dit, la voix cassée. Tu penses que je peux la gérer ?

Kimbringe s'est interrompu pour s'approcher de moi et placer ses mains sur mes épaules.

– Ève, Snow a besoin d'une attention spécifique, mais tu es plus que qualifiée pour t'en occuper. Tu es toi-même tout à fait spéciale.

Je n'ai pu m'empêcher de rire. Peut-être avait-il raison.

– Snow est une partie de la raison qui me pousse à partir, tu sais, a affirmé Kimbringe. Nous ignorons en quoi ce déséquilibre affecte ses pouvoirs naissants.

J'ai hoché la tête.

– Trouve un moyen d'arrêter tout ça avant que ça ne dégénère encore plus. Pour notre bien à tous.

***

Raphael travaillait tard dans son bureau. Malgré ma volonté d'éviter nos désaccords, j'avais besoin d'en finir avec les excuses que je lui devais. Il avait eu raison, et j'avais eu tort. Je *détestais* l'admettre. Surtout quand nous avions tant de fois occupé les rôles opposés. Mais j'étais prête à ravaler ma fierté.

En m'approchant de la porte de son bureau, une étrange vague de désir a déferlé sur moi. Il n'y avait pas que ma fierté que je m'apprêtais à avaler…

Hein ? C'était la Frénésie, ça ? Elle n'avait pas cet effet sur moi, d'ordinaire…

Quand j'ai poussé la porte, Raphael a levé les yeux vers moi. Son regard était aussi rempli de désir.

– Je… je suis venue te présenter mes excuses, ai-je dit en essayant de ne pas le regarder. Mes mots ont dépassé ma pensée…

– Oh, je sais. Tu voulais seulement protéger Snow.

Je me suis assise sur le bord de son bureau

– Oui, mais toi aussi, et j'aurais dû le voir. Ce n'est pas parce que tu veux protéger Lumen que ta fille n'est plus une priorité pour toi.

Raphael a desserré son col de chemise. Il transpirait. Il devait ressentir la même chose que moi. Difficile de mener à bien des excuses quand tout ce à quoi on pouvait penser, c'était baiser.

Je me suis levée du bureau pour m'installer sur ses genoux et quand je me suis assise, j'ai senti son sexe déjà dressé.

– Alors, tout va bien entre nous ? ai-je demandé en caressant son menton du doigt.

– Mieux que bien, a-t-il grogné en m'attrapant par la taille.

Et juste comme ça, nous nous léchions, nous nous mordions et nous nous caressions avec un désir insatiable. Je me suis mise à cheval sur lui, me suis frottée contre son entrejambe alors que nos langues se mêlaient. Ma vision commençait à devenir floue. Tous mes organes brûlaient de désir. J'étais presque fiévreuse tant je le voulais.

Raphael m'a soulevée et m'a retournée, me penchant sur son bureau. Il a baissé ma culotte, a appuyé sa bite contre moi, sa crête s'est frottée contre mes lèvres, une vraie torture.

En levant le menton, j'ai aperçu quelque chose dans le miroir, de l'autre côté de la pièce. Une magnifique femme aux cheveux bruns, avec des ailes dans le dos…

Sauf que ce n'était pas moi.

ÉPISODE 15

DANGEREUX DÉSIR

Ève

Mes yeux me jouaient-ils des tours ?

Je me sentais enivrée de désir, mais pourquoi est-ce que j'hallucinerais à propos d'une femme avec des ailes de chauve-souris qui nous regarderait, Raphael et moi, faire la bête à deux dos ?

Raphael m'a pénétrée et j'ai haleté en m'agrippant au bureau.

Mon regard s'est à nouveau posé sur notre reflet, où la femme se donnait du plaisir, léchant ses phalanges et se doigtant pendant que Raphael faisait des mouvements de va-et-vient derrière moi. Ses ailes battaient, aspirant la lumière de la pièce. Mon compagnon a accéléré la cadence. La présence d'une voluptueuse voyeuse m'aurait alarmée si j'avais été certaine qu'elle était réelle. Tout ce dont j'étais sûre, c'était que j'avais besoin de...

– PLUS ! ai-je hurlé en gémissant bruyamment. J'EN VEUX PLUS !

Je me fichais que toute la Maison de la Meute puisse m'entendre. Je me noyais dans l'extase pure.

Raphael n'allait pas assez vite, et mes pulsions étaient encore plus dévorantes de seconde en seconde. Il m'a retournée pour que je sois face à lui. J'ai entouré sa taille de mes jambes alors qu'il continuait à me pénétrer, encore et encore.

Soudain, mes crocs ont jailli et je les ai enfoncés avec force dans son épaule. Il a rugi de douleur sans s'arrêter de me baiser. Sans même ralentir. J'étais hors de contrôle, tout comme lui. Il me maintenait pour me baiser avec une telle force que le bureau s'est fendu en deux. Ma chatte était pilonnée.

Encore.

Et encore.

Et ENCORE.

En proie à de multiples orgasmes, j'ai penché ma tête en arrière pour observer la femme ailée, dans le miroir, qui faisait la même chose. Quand nous avons joui, elle a plongé ses yeux dans les miens.

J'étais épuisée, tout comme Raphael, mais nous ne nous sommes pas arrêtés.

Impossible...

Même si nous l'avions voulu.

***

Le lendemain matin, quand je me suis réveillée, c'était comme si je souffrais d'une immense gueule de bois. J'ai levé la tête et j'ai vu Raphael dans la salle de bains, en train de nettoyer sa morsure à l'épaule.

Que s'était-il passé la nuit dernière ?

Je me souvenais à peine. Tout était flou et brouillé. C'était comme si je m'éveillais d'une Frénésie induite par la drogue.

Est-ce qu'on en a pris ?

Si c'était le cas, je ne m'en souviendrais pas…

La seule chose que je me remémorais, c'étaient les sensations.

Le désir sexuel.

Les pulsions incontrôlables.

L'insatiable luxure.

Qu'est-ce qui nous était passé par la tête ? Si nous avions été moins puissants, ce genre d'intensité aurait pu carrément nous tuer. Pendant des heures, nous n'avions pas arrêté. Mon corps me faisait si mal que j'aurais pu jurer avoir grimpé sur le mont Everest.

Raphael est sorti de la salle de bains en parlant fort au téléphone.

– Omar, je me fiche que tu te sentes patraque ! J'ai besoin que tu viennes aujourd'hui ! On a toujours les retombées de l'incendie à gérer, et…

Les yeux de Raphael se sont ouverts, sortant presque de leurs orbites, et il s'est immobilisé.

– Ta bite fait QUOI ? !

Quelques instants plus tard, Raphael a raccroché et a vu mon sourcil haussé, la seule partie de mon corps que je pouvais mobiliser sans douleur.

– Blessure liée au sexe, a-t-il dit prestement. Crois-moi, tu ne veux pas entendre les détails.

C'est une sacrée coïncidence étant donné notre nuit sexuellement chargée, à nous aussi.

– On s'est levés hyper tard, a ajouté Raphael en jetant un œil à l'horloge. Il est presque midi.

– La réunion n'est pas maintenant ? Celle sur la reconstruction du quartier industriel ?

– Oh merde, tu as raison ! a grogné Raphael en enfilant rapidement un haut. Pourquoi personne n'est venu me chercher ?

J'ai mis un jean et nous nous sommes rendus ensemble à la salle de réunion de la Maison de la Meute.

– Tu viens avec moi ? s'est enquis Raphael.

– Non, je voulais juste passer une tête pour voir si Reyna était motivée pour un entraînement improvisé…

Je me suis interrompue, bouche bée, quand Raphael a ouvert les doubles portes qui menaient à la salle de réunion.

Il y avait des corps nus, couverts de sueur, dans tous les coins.

Grognant, gémissant, haletant.

Des hommes et des femmes.

Des femmes et des femmes.

Des hommes et des hommes.

Pilonnant, martelant, allant et venant.

– *Aoooooooooooooouuuuuu !* a hurlé la secrétaire de Raphael qui se faisait sodomiser par l'urbaniste.

La réunion s'était transformée en orgie ouverte à tous.

– Qu'est-ce que… a commencé Raphael qui était comme assommé.

Par une fenêtre ouverte, j'ai cru apercevoir une paire d'ailes de chauve-souris, et un flash de la nuit précédente m'est revenu.

La femme ailée qui nous regardait en se touchant !

Soudain, tout s'est replacé dans mon esprit… Je savais à quoi nous avions affaire.

Je me suis tournée vers Raphael.

– Raph, je crois qu'on a une succube sur les bras.

Jed

Toute cette pression qui saturait Lumen me donnait la migraine.

Non seulement il y avait cette Frénésie hors saison mais elle frappait spécialement fort, et je n'avais toujours pas couché. Ajoutez à ça toutes ces créatures Frénétiques qui s'agitaient dans tous les sens et vous aviez la recette parfaite pour obtenir un mec en rut comme jamais.

J'ai baissé la vitre de ma camionnette afin de respirer l'air frais et l'odeur de la forêt. Depuis la route, je pouvais voir le fleuve, mais pas question de promenade sur la rive pour aujourd'hui.

En repensant aux sirènes, je me suis mis à frissonner. Clairement, je n'allais pas compter ce que j'avais fait avec ces poiscailles psychopathes comme un acte sexuel.

BOUM !

Quelque chose venait d'atterrir sur le toit de mon camion.

– C'est quoi ce bordel ? ai-je crié en me déroutant vers le milieu de la route.

Ma ceinture de sécurité me serrait drôlement et, soudain, j'ai eu très envie de me masturber. J'ai baissé les yeux pour m'apercevoir que j'avais une érection de tous les diables, arrivée sans prévenir. Elle appuyait contre la ceinture et me faisait frissonner. En essayant d'ajuster ma position, je n'ai pas pu m'empêcher de me frotter un peu.

Concentre-toi sur la putain de route !

Mais je ne pouvais me focaliser sur rien d'autre que l'envie de me toucher. J'ignorais ce qui me prenait, et je m'en fichais. Je me suis garé sur le bas-côté et j'ai dézippé mon pantalon. Il fallait que je me soulage. J'ai sorti mon sexe de mon jean et j'ai commencé à me branler vigoureusement.

BOUM ! BOUM ! BOUM !

Quelque chose rampait toujours sur le toit de ma camionnette, mais je n'en avais rien à foutre. Tout ce qui m'importait, c'était de jouir. J'ai fermé les yeux en bougeant fermement ma main de haut en bas sur mon membre.

Avant de pouvoir m'arrêter, j'ai commencé à penser à Reyna. Elle était si sexy. Avec sa peau pâle et si douce. Sa moue boudeuse. Ses seins lourds qui remuaient juste un peu quand elle portait sa brassière de sport. J'ai commencé à me l'imaginer sans sous-vêtements. Sans rien du tout.

Merde, qu'est-ce qui se passe ?

Pourquoi je pense à Reyna ?

Stop, stop, stop !

Mais trop tard. Mon fantasme était en roue libre. Alors que je grognais, mon sperme a aspergé tout le pare-brise.

PUTAIN !

Ce qui était sur mon toit est parti dès que j'ai joui.

Je ne savais pas si j'étais plus inquiet de mes pulsions incontrôlables ou bien… de la raison pour laquelle mon esprit s'était focalisé sur Reyna.

***

Reyna : Hé, Derek...

Reyna : C'est encore moi.

Reyna : Je sais que j'ai déjà écrit il y a genre 30 min.

Reyna : Mais je suis vraiment désolée à propos d'hier.

Reyna : Je sais pas pourquoi j'ai paniqué.

Reyna : Quelque chose m'a effrayée.

Reyna : Je sais pas si c'était réel.

Reyna : Ou si c'était juste une excuse parce que j'étais pas prête.

Reyna : Mais j'aimerais me rattraper.

Reyna : Peut-être même essayer à nouveau dans quelque temps ?

Reyna : Je voudrais juste que tu me répondes.

Reyna : Dis-moi que tout va bien entre nous.

Reyna : Tout va bien, hein ?

Reyna

Il ne m'avait pas vraiment traitée d'allumeuse…

Mais pas besoin. C'est ainsi que je me sentais.

Après que j'avais pété les plombs sur le carrousel avant qu'on ait une relation, les choses étaient des plus étranges entre Derek et moi. Je n'étais plus d'humeur. Que ce soit la Frénésie ou autre chose, je n'étais juste pas prête.

J'avais essayé de lui écrire, mais il n'avait pas répondu. J'étais persuadée qu'il m'en voulait. J'aurais aimé apaiser les choses et ne pas les laisser pourrir, alors j'ai décidé de me pointer chez lui.

Pas plus sain comme relation que d'écrire un million de fois à son mec avant de débarquer chez lui sans prévenir...

Sauf que, techniquement, c'est même pas mon mec.

Pourquoi est-ce que tout doit toujours être si compliqué, putain ?

Sa voiture était dans l'allée, il était bel et bien là... La porte d'entrée était d'ailleurs bizarrement entrouverte.

– Bonjour ? ai-je crié dans l'entrée. Derek ?

Pas de réponse, mais il y avait de la lumière dans une chambre, à l'étage.

En montant doucement les escaliers, j'ai perçu un rire. Un rire de femme.

Quand je me suis approchée de la porte, j'ai entendu sa voix.

– Ne sois pas timide. Ma chatte ne va pas te mordre... pas tout de suite en tout cas.

Oh, non, c'est pas vrai...

Avec colère, j'ai débarqué dans la chambre de Derek pour le trouver les mains sur la taille d'une femme qui le chevauchait. Elle avait de longs cheveux bruns, des courbes magnifiques et d'énormes seins.

Alors qu'elle se frottait contre lui, elle a regardé par-dessus son épaule et a eu un sourire en coin. Il y avait un éclat maléfique dans ses yeux.

Bâtard infidèle !

La jalousie me consumait totalement, jusqu'à... ce que je remarque les yeux de Derek. Ils étaient injectés de sang et inertes. On aurait dit qu'il était dans un état catatonique. Il appelait à l'aide sans pouvoir parler ni bouger.

Soudain, des ailes de chauve-souris ont jailli du dos de la femme, battant agressivement. Elle a léché ses lèvres carmin avant de me couver du regard, les paupières mi-closes.

– Voudrais-tu te joindre à nous ?

ÉPISODE 16

SUCCUBITCH

Reyna

Les yeux de Derek étaient vitreux, la succube le chevauchait, me lançant un sourire maléfique. Ses ailes grotesques battaient dans son dos alors qu'elle s'agitait sur lui en gémissant.

– Fiche le camp ! ai-je crié.

– Il était siiiii frustré sexuellement, a-t-elle affirmé en se léchant les lèvres avec une lenteur délibérée. Je n'ai presque pas eu à utiliser mes pouvoirs pour le séduire.

La rage enflait en moi. J'ai commencé à sentir une douleur aiguë dans ma bouche, une douleur si intense qu'elle a failli me mettre à terre.

La succube me provoquait.

– Clairement, tu n'as pas réussi à le… *satisfaire*, a-t-elle déclaré en riant. Alors il n'y a pas de mal à le laisser s'amuser un petit peu ? Bon, j'imagine que je vais devoir le tuer quand j'aurais fini, donc il y aura peut-être un peu de mal.

C'était comme si quelque chose me déchirait le palais. Mes yeux ont commencé à larmoyer et j'ai été prise de vertiges.

La succube a commencé à dézipper le pantalon de Derek, ses ailes battant avec excitation d'avant en arrière.

– Très bien, si tu veux jouer les rabat-joie, alors contente-toi de regarder, a-t-elle lancé. Il ne va pas tenir très longtemps de toute façon.

OK, cette connasse me tape vraiment sur les nerfs…

La douleur dans ma bouche a soudain disparu et j'ai avancé vers l'intruse en grinçant des dents.

– J'ai dit : FICHE. LE. CAMP !

La succube a fait volte-face, l'air désemparée.

– Tu… tu es une vampire ?

Attends, comment elle le sait ?

Mes doigts ont commencé à toucher mes dents jusqu'à ce qu'ils se posent sur des canines pointues qui dépassaient de ma bouche.

Des crocs…

C'est nouveau, ça…

Alors que la succube s'éloignait de Derek, craintive, son apparence s'est transformée. Des petites cornes sont sorties de sa tête. Une queue serpentine se terminant par un cœur partait du bas de son dos.

Elle était prête à se battre. Et moi aussi.

La succube a plongé vers moi, utilisant ses ailes pour se propulser en avant. Elle m'a attrapée et m'a jetée contre le plafond. Nous nous sommes empoignées dans les airs, sa queue s'enroulant autour de mon cou, restreignant ma faculté à respirer.

Elle me souriait alors que je luttais pour respirer.

– Oh, non… Je pensais que ce serait plus amusant…

J'ai attrapé le bout de sa queue et l'ai mordu, *fort.* De douleur, elle a hurlé avant de me laisser retomber sur le sol. J'ai craché le petit morceau en forme de cœur et j'ai braqué mes yeux sur elle.

– On ne fait que commencer.

– Pétasse stupide ! a-t-elle crié, les yeux enragés. Je vais serrer ce joli petit cou jusqu'à ce que ton cadavre soit rigide !

– Pas si je te mords d'abord ! ai-je rétorqué, me sentant plus puissante que jamais.

Elle a plongé dans ma direction à nouveau, mais cette fois, j'étais prête. J'ai roulé sur le côté et l'ai attrapée par les ailes, je l'ai envoyée valser dans une étagère pleine d'équipement musical.

Merde, ça doit coûter bonbon, ces trucs...

La succube a relevé le menton, échevelée, en me tirant une langue fendue.

Oh, il comprendra...

J'ai repéré un ampli de guitare branché au mur. Alors que la succube se relevait, j'en ai arraché le devant pour tirer sur les fils.

– MEEEEEEUUUUURS ! a-t-elle hurlé en me chargeant, son visage déformé par la colère.

Elle m'a attrapée à la gorge, mais j'ai réussi à me saisir de ce qui restait de sa queue et à l'enfoncer parmi les fils dénudés. Un courant électrique a déferlé à travers la succube, la grillant comme une chauve-souris sur un barbecue. En convulsant, elle s'est effondrée, sans pouvoir lutter. Elle m'a regardée alors que je la dominais.

– Je veux juste baiser tes mecs puissants, OK ? Et j'ai senti que ton petit copain avait des pouvoirs. Mais je te le laisse. Il y a bien d'autres poissons dans l'océan.

J'ai été désarmée par ses propos.

Derek, des pouvoirs ? Qu'est-ce que cela voulait dire ?

Avant que j'aie pu continuer mon interrogatoire, la succube a sauté sur ses pieds avant de bondir dehors par la fenêtre, envoyant du verre brisé dans tous les sens.

Je me suis retournée pour voir les yeux de Derek reprendre vie et j'ai compris qu'il contrôlait à nouveau son corps.

– Oh, mon Dieu, Reyna ! Je suis désolé... Je ne...

Je me suis assise près de lui.

– Tu n'as pas à t'expliquer, Derek. Ses pouvoirs sont décuplés par la Frénésie. Tu ne pouvais pas lutter.

Alors que je mettais ma main sur la sienne, j'ai senti mes crocs se rétracter. Derek a reculé.

– Pourquoi tu ne m'as rien dit ? a-t-il demandé, un air de défiance dans la voix.

– À propos de quoi ?

– Du fait que tu es… une vampire, a-t-il dit, me regardant comme si j'étais une étrangère. C'est un gros secret.

– Alors, déjà, je ne suis qu'à moitié vampire. Et ensuite, je n'ai pas encore passé le Rituel. Cela n'arrivera qu'à mon vingtième anniversaire et ce n'est pas sûr que j'y prenne part.

– On dirait que tu es déjà bien engagée. Les crocs étaient de sortie ce soir.

Il avait raison. C'était étrange. Peut-être était-ce dû au déséquilibre de la Frénésie ?

– Je suis désolée de te l'avoir caché, mais c'est très… personnel, pour moi. Je ne peux pas me confier au premier venu, ai-je argumenté en le regardant dans les yeux.

Plutôt que de la défiance, j'y ai lu de la compréhension.

– Pourtant, tu es prête à te confier à moi ? a-t-il dit en souriant.

– J'imagine, oui, ai-je dit en souriant en retour.

Il s'est approché avant de repousser les cheveux que j'avais devant les yeux.

– Tu peux me faire confiance, Reyna.

J'ai hoché la tête, sachant qu'il disait vrai.

– C'est dur, pour moi, de m'ouvrir aux gens, mais tu es… tu es différent, ai-je déclaré en posant ma tête sur son épaule.

– Je me sens si privilégié d'être la première personne à qui tu te confies.

– Bon, en fait, Jed est au courant, mais…

– Jed ?

Son ton accusatoire était aussitôt revenu.

Derek a reculé pour mieux me faire face.

– C'est qui, Jed ?

– Juste un ami, ai-je expliqué, un peu agacée.

– Mais t'as dit que tu ne te confiais pas à n'importe qui. Que tu ne t'ouvrais pas facilement. Ce qui n'est pas le cas, vu que tu t'es ouverte à *Jed.*

Il était irrationnel. Je pouvais lui pardonner parce qu'après tout, il venait quasiment de se faire décapiter par une succube, mais je n'appréciais pas le côté jaloux de Derek.

– Je ne le vois pas comme ça du tout, Derek. C'est plus comme mon frère, ai-je répondu, exaspérée. J'ai bien le droit d'avoir des potes garçons.

– Et d'oublier de les mentionner, ouais, a-t-il répliqué, suspicieux.

Ce n'était ni le lieu ni l'endroit pour avoir cette conversation, j'étais toujours bouleversée par mon combat. S'il continuait à m'exaspérer, les crocs seraient bientôt de retour.

– Derek, il ne se passe rien avec Jed, je te le promets, lui ai-je assuré en lui plantant un bisou sur la joue avant de me lever. Bref, on va devoir remettre cette conversation à plus tard parce que cette chienne de chauve-souris est toujours dans le coin, et je suis prête pour le deuxième round.

Mon attitude agressive a semblé plaire à Derek.

– Et si elle revient, je fais quoi ? a-t-il demandé.

Je l'ai dévisagé, l'air sérieux.

– Trouve-toi un immense spray de chauve-souricide.

Ève

Je faisais les cent pas, en me tapotant le menton. Reyna et Killian se tenaient face à moi.

– Alors cette succube ne se contente pas de foutre un bordel sexuel dans tout Lumen, elle baise avec des hommes avant de les tuer ?

Reyna a hoché la tête.

– Elle a presque eu Derek.

– Comment est-ce que tu as combattu une succube, au juste ? a demandé Killian, l'air impressionné.

J'étais aussi curieuse que lui. Reyna s'était entraînée très intensément, mais impossible qu'elle soit devenue assez puissante pour tenir tête à ce genre de créature toute seule.

– Mes… mes crocs sont sortis, a-t-elle dit tout doucement.

– … PARDON ? me suis-je exclamée, n'en croyant pas mes oreilles.

– Je ne l'ai pas fait, genre exprès, a-t-elle dit, sur la défensive. C'est arrivé dans le feu de l'action.

Ce n'était pas une bonne nouvelle. Cela signifiait que le déséquilibre de la Frénésie commençait à l'affecter, elle aussi. Il était bien trop tôt pour que ses pouvoirs émergent. Il allait falloir que je la surveille comme le lait sur le feu.

D'expérience, je savais que trop de pouvoirs trop vite n'amenaient jamais rien de bon.

– Que s'est-il passé avant qu'elle s'enfuie ? A-t-elle dit quelque chose qui pourrait nous aider à deviner ce qu'elle s'apprête à faire ? ai-je demandé en remisant mes réflexions sur les pouvoirs de Reyna.

– Elle a mentionné qu'elle n'en avait qu'après les hommes puissants, a expliqué Reyna.

– Je n'en suis pas si sûr, a réagi rapidement Killian.

– Pourquoi cela ? me suis-je enquise, me retournant, prête à entendre ce que mon pupille avait à dire.

– Parce qu'elle ne s'en est pas encore prise à moi, a-t-il répondu, sérieux comme un pape.

Reyna et moi avons échangé un regard complice avant qu'elle ne lève les yeux au ciel.

– Bon, dans tous les cas, Killian, ce mystère devra attendre, ai-je répondu avec un sourire en coin qui a fait ricaner Reyna. Là, maintenant, on a besoin de trouver qui sera sa prochaine cible.

– C'est facile, a dit Killian, un peu vexé. Il faut juste mettre la main sur l'homme le plus puissant de tout Lumen.

Nos yeux se sont écarquillés. Pas besoin des pouvoirs de Snow pour résoudre cette énigme.

L'Alpha du Millénaire.

ÉPISODE 17

CONTINUE À TRANCHER

Raphael

Ces temps-ci, le déséquilibre dans la Frénésie semblait rendre tout le monde fou à Lumen. Tout ce que je pouvais faire, c'était en traiter les retombées au fur et à mesure. En tant que putain d'Alpha du Millénaire, il était de mon ressort de gérer ce genre de chaos. J'aurais juste aimé que ce bordel choisisse un autre millénaire.

J'ai été bloqué au bureau toute la soirée, essayant de régler le tombereau de plaintes qui affluaient. Mes yeux avaient beaucoup de peine à ne pas se fermer.

Alors, quand une des femmes les plus belles que j'aie jamais vues s'est avancée vers moi après avoir frappé délicatement à la porte, j'ai eu du mal à savoir si j'hallucinais. Elle arborait une robe en dentelle noire qui cachait peu de choses, fendue jusqu'au nombril. Ses seins parfaits remuaient quand elle s'est approchée de moi et s'est penchée sur mon bureau, m'offrant une place de choix face au spectacle de son décolleté.

– Puis-je vous aider ? ai-je demandé en m'éclaircissant la voix.

Normalement, tous mes sens auraient été en alerte si une inconnue était ainsi entrée dans mon bureau sans avoir été annoncée, mais pour une raison qui m'échappait, j'étais curieux.

– Oh oui, vous êtes exactement la personne qu'il me faut, a-t-elle lancé, ses lèvres carmin se pinçant en une moue calculée.

Son odeur était enivrante. Comme si toutes mes fragrances préférées avaient été combinées en une. Comment était-ce possible ?

Dans tous les cas, je commençais à être excité, et il fallait que je me contrôle.

– Si vous avez une plainte à déposer, revenez demain matin, ai-je dit dans un grondement sourd, essayant de poser des limites claires à cette femme qui semblait n'en avoir aucune. Je ne m'occupe pas de ces sujets personnellement.

Ses sourcils se sont arqués et son dos s'est cambré.

– Oh ? Et de quoi vous occupez-vous ?

Ses mains se sont emparées de ses énormes seins et j'ai commencé à transpirer.

– Pourriez-vous vous occuper de ceci ? m'a-t-elle questionné en laissant sa robe tomber de ses épaules pour dévoiler entièrement sa poitrine.

Putain, pourquoi je la laisse faire ? Je ne veux pas que ça aille plus loin, mais en même temps…

C'était comme si je n'avais pas toute ma raison. Elle a rampé sur mon bureau et s'est assise face à moi, les jambes écartées.

– C'est ça que tu veux, mon si grand et si puissant Alpha ?

Elle a ôté sa culotte et a attiré ma tête vers sa chatte.

Non, merde ! Pourquoi est-ce que je n'ai aucun contrôle ?

J'étais figé, muet. C'était comme si sa chatte avait de l'emprise sur moi. Alors que mon visage se rapprochait et que ses jambes s'écartaient, mes yeux se sont écarquillés d'horreur.

Son vagin avait des douzaines de dents aiguisées comme des rasoirs. Plus haut, ses tétons se sont durcis et transformés en pointes acérées. Deux ailes ont jailli de son dos alors qu'elle m'adressait un sourire démoniaque.

Une succube.

– C'est la meilleure des sensations, tu vas voir.

Reprends-toi, merde !

– Et ce sera la dernière de tes sensations.

Tu es l'Alpha du Millénaire ! Cette putain de démone ne te fait aucun effet. REPRENDS LE CONTRÔLE !

Ses mains sont passées à mon entrejambe et ont commencé à le caresser. J'ai frissonné. J'avais besoin d'être soulagé. Mais pas d'une manière sexuelle…

J'avais besoin de me libérer de son contrôle.

J'ai rugi et l'ai attrapée par les poignets, l'envoyant valser à l'autre bout de la pièce comme un frisbee. Elle s'est rétablie à quelques centimètres du sol, ses ailes battant furieusement.

– Si tu voulais la jouer sadomaso, il suffisait de demander ! a-t-elle lancé, ses cornes et sa queue émergeant de son corps. Cela promet d'être une baise des plus satisfaisantes – une fois que je t'aurai soumis.

Me sentant à nouveau maître de moi, je me suis transformé partiellement, fendant l'air de mes griffes.

– Je vais t'arracher ces ailes chétives, c'est tout ce que tu mérites, vermine de succube !

– Oh, vraiment ?

Une voix a soudain tonné dans le couloir.

– NON !

Ève se tenait là, avec Reyna et Killian.

– LAISSE-MOI FAIRE ! a hurlé ma compagne, plongeant vers la succube et la faisant chuter à terre.

Elles ont lutté sur le sol, mais la succube a agrippé Ève par les cheveux et l'a fait voler vers le plafond de mon bureau, la projetant sur le lustre.

– ÈVE !

Elles étaient trop haut, je ne pouvais pas les atteindre.

– J'ignore ce que tu es, mais tu n'es pas de taille, l'a provoquée la démone en traînant Ève le long des murs, déchirant le papier peint.

Soudain, Ève a saisi la succube à la gorge, ses yeux embrasés d'un feu infernal.

Oh, merde. Je connais ce regard.

Les propres ailes d'Ève ont jailli de son dos, de magnifiques plumes noires flottant jusqu'au sol.

La bouche de la succube s'est ouverte.

– Je suis le putain de *Diable,* a grondé Ève. C'est toi qui ne m'arrives pas à la cheville. Je vais te renvoyer en enfer.

Elle a serré plus fort le cou de la succube jusqu'à ce que son corps devienne mou et qu'elle éclate en flammes. Les cendres ont plu sur moi comme une tempête de neige.

J'ai regardé Ève et j'ai souri de toutes mes dents.

C'était bien ma compagne.

Ève

– C'est de pire en pire, ai-je dit en enjambant le tas de cendres qui avait été la pétasse ayant jeté son dévolu sur mon compagnon. Si on ne parvient pas à juguler ce déséquilibre dans la Frénésie, impossible de savoir ce qu'on devra affronter la prochaine fois.

Raphael a acquiescé, nous étions rassemblés autour de son bureau.

– Kimbringe doit vite nous apporter une solution concrète, sinon je ne sais pas si Lumen résistera longtemps.

– Et où il est exactement, Kimbringe ? a demandé Killian.

C'était une question que je me posais moi-même. À quoi bon être ami avec une Divinité quasi omnisciente si elle n'était même pas là pour partager son savoir ?

– Il va falloir qu'on s'en occupe nous-mêmes, est intervenue Reyna. On a géré jusqu'ici, n'est-ce pas ? Quoi que la Frénésie nous réserve, on le lui renverra deux fois plus fort.

Je n'ai pas pu m'empêcher de sourire. Reyna grandissait à une vitesse folle, ces derniers temps, sa confiance en elle m'impressionnait.

– Je suis d'accord avec Reyna, ai-je répondu en faisant apparaître ma faux. La Frénésie est comme une hydre : chaque fois que nous lui coupons une tête, deux autres jaillissent. Jusqu'à ce que nous ayons une solution…

J'ai fendu l'air de ma lame.

– On va continuer à trancher dans le vif.

Reyna

Épuisée, je suis retournée chez moi. Si mon père savait ce que je faisais dehors tous les soirs, il aurait une crise cardiaque.

Affronter des vampyres.

Des sirènes.

Des pyrokinésistes.

Des succubes.

Il n'y croirait sans doute pas. Parfois, j'en doutais moi-même. Il y a quatre mois, j'étais une ado des plus normales – outre le fait que j'étais l'héritière d'une fortune quasi royale. Mais à présent…

J'étais à demi vampire, luttant pour protéger ma ville de menaces surnaturelles.

Et j'adorais ça.

Je me sentais puissante.

Est-ce que c'est ce que je ressentirais quand j'embrasserais pleinement mes racines vampiriques ? *Si* je décidais de le faire.

En entrant dans le salon, j'ai surpris papa en train de câliner Blaire sur le canapé. Elle était enroulée autour de lui comme un nœud de lianes. Je comprenais mieux comment je parvenais à faire le mur aussi facilement, ces derniers temps.

Grâce à cette connasse de Blaire.

– Oh, ma chérie ! Je ne t'ai pas entendue entrer, a dit papa en se redressant. Blaire et moi avons été… un peu occupés, ce soir.

– Ainsi que cet après-midi et ce matin, a renchéri Blaire en m'adressant un sourire agaçant.

J'avais conscience que tout le monde avait été sous l'emprise de la succube, mais magie ou pas… *beurk.*

Anya est soudain apparue avec un énorme bol de pop-corn entre les mains.

– Je suis officiellement prête à commencer ce marathon ciné ! a-t-elle déclaré en se laissant tomber dans le canapé près de papa et de Blaire.

OK, c'est quoi ce bordel ? Anya déteste presque autant Blaire que moi.

– Tu veux te joindre à nous, Rey ?

Non, non, non. Ça ne va pas le faire du tout.

J'ai attrapé ma sœur par le poignet pour la remettre sur ses pieds.

– Je peux te parler un moment en privé ? MAINTENANT.

Une fois seules, je me suis mise à murmhurler à Anya :

– C'était quoi ça ? Tu fayotes avec la briseuse de ménages ?

Anya m'a jeté un regard vide.

Oh là là, je sais qu'elle n'est pas futée, mais là quand même…

– Alors, qu'as-tu à dire pour ta défense ?

Aucune réponse.

– Je ne peux pas croire que tu sois tombée sous son sort toi aussi ! me suis-je exclamée plus fort.

Ma sœur commençait à me taper sur les nerfs. Plus je la dévisageais, plus Anya me faisait penser à une poupée. Les yeux vitreux, un sourire crispé sur le visage. Quelque chose clochait.

– Anya, tout va bien ? ai-je demandé en la secouant par les épaules. Réponds !

Anya s'est soudain agrippé la gorge, comme si elle avait perdu sa voix.

Je me suis tournée pour découvrir Blaire, debout derrière moi. Sa main désignait Anya dont les cheveux volaient dans les airs quand bien même il n'y avait pas de vent. Anya était littéralement sous son sort.

– Salope ! Je le savais !

J'ai essayé de plonger sur elle, mais elle a levé son autre main. Tout à coup, j'étais figée, incapable de bouger le moindre muscle.

Blaire a fait un pas vers moi, plaçant un doigt sous mon menton, plongeant ses yeux dans les miens.

– Bien, Reyna, pourquoi ne te joindrais-tu pas à nous ? Nous allons former une famille si… parfaite.

ÉPISODE 18

BELLE-MONSTRE

Reyna

Ma belle-mère était une ensorceleuse.

Ma belle-mère était une ENSORCELEUSE.

Depuis le début, je savais qu'il y avait quelque chose de louche chez elle, mais je ne m'attendais pas à ça.

Blaire avait attiré mon père sur ce faux site de croisière et lui avait jeté un sort. Il n'avait jamais mis un pied sur le bateau !

Je me suis demandé à combien d'autres hommes elle avait fait le coup… Et ce qu'elle faisait d'eux ensuite…

Elle avait peut-être placé mon père et Anya sous son contrôle, mais dans mon cas, ce ne serait pas de la tarte. M'empêcher de bouger, c'était une chose, mais me faire agir selon sa volonté, c'en était une autre.

Pas aujourd'hui, connasse.

Ma belle-mère était peut-être une ensorceleuse, mais ce qu'elle ignorait, c'était que sa belle-fille était à moitié vampire.

J'ignorais comment mes pouvoirs fonctionnaient mais, au moins pour l'instant, ils semblaient résister à sa persuasion. Blaire avait essayé à peu près tous les sorts auxquels elle avait pu penser pour me placer sous son contrôle, mais rien ne fonctionnait. Elle ne comprenait pas pourquoi. C'était assez divertissant de la voir au comble de la frustration.

– Que me caches-tu, petite pétasse ? a-t-elle hurlé à quelques centimètres de mon visage.

Blaire m'avait attachée sur une chaise car ses sorts ne duraient pas éternellement, et plus je résistais, plus elle s'épuisait.

– Peut-être que tu es juste une magicienne merdique.

La Frénésie avait peut-être boosté les pouvoirs de Blaire, mais les miens l'étaient aussi.

Une alarme a retenti au-dessus du four et Blaire m'a lancé un regard démoniaque.

– Enfin, c'est prêt.

Elle a glissé vers le four où elle avait préparé une potion verte à l'odeur insupportable.

– Si tu ne te soumets pas à mes pouvoirs, tu te soumettras à ça, a-t-elle affirmé, ses lèvres se recourbant pour sourire.

Blaire a plongé une cuillère dans l'épais liquide pour le transvaser dans une tasse et me l'a fourrée sous le nez.

– Ouvre grand, ma chérie.

J'ai failli m'étouffer tant l'odeur était putride. Blaire m'a forcée à ouvrir la bouche et le liquide chaud s'est déversé dans ma gorge. Le goût était un mélange de terre et de produit pour laver les vitres. Blaire m'a observée avec impatience en attendant que cela fasse effet.

– Tu vas m'obéir avec ça, petite garce.

Mon estomac réagissait. Je me sentais prise de vertige. Blaire s'est penchée vers moi, un sourire en coin.

– Bien. Tu commences à le sentir.

Elle s'est encore rapprochée, ses yeux au niveau des miens.

– Maintenant, dis-moi. À qui obéis-tu ? Qui est ta maîtresse ?

– Je… C'est… ai-je essayé de formuler, mais quelque chose d'autre est sorti.

BLEEEEEEEEEURGH !

J'ai vomi tout le contenu de la potion ainsi que mon déjeuner et mon dîner directement sur Blaire.

On dirait bien que j'étais toujours capable de lui résister.

Elle a hurlé le plus fort possible, s'agitant comme un bambin, complètement inondée de vomi.

– Petite peste ! J'en ai dans la bouche ! Dans ma putain de bouche !

Elle a couru à la salle de bains, me laissant seule dans la cuisine. J'ai entendu la douche couler.

C'était l'occasion ou jamais. Mon sac à dos était de l'autre côté de la pièce, à l'intérieur : mon téléphone. Si seulement je pouvais alerter quelqu'un…

J'ai fait avancer ma chaise le plus vite et le plus discrètement possible, reconnaissante que l'eau de la douche fasse un bruit d'enfer. Avec mes dents, j'ai ouvert mon sac à dos et l'ai positionné pour pouvoir attraper mon téléphone de mes mains toujours attachées. C'était une position extrêmement inconfortable, mais je suis quand même parvenue à me débrouiller.

OK, Reyna, c'est ta chance. Allons-y…

Je savais exactement qui contacter pour venir me sauver les fesses.

Reyna : hEee
Reyna : a a de
Reyna : soRC
Reyna : rs
Jed : Reyna ?
Jed : Qu'est-ce qui se passe ?
Jed : T'es bourrée ?
Reyna : A DE
Reyna : Alarmée
Reyna : Séé film
Reyna : Socialiste

Reyna : BLer
Jed : Meuf je comprends rien
Jed : C'est une blague ?
Reyna : BLAERE !

Soudain, mon téléphone a volé de mes mains pour aller s'écraser contre le mur, glissant directement dans la poubelle. J'ai relevé la tête pour découvrir Blaire, une serviette-éponge autour des cheveux.

– T'es une petite pétasse maligne, toi, non ? a-t-elle dit avec du venin dans la voix. Mais ne t'inquiète pas. Moi aussi. J'ai compris comment te soumettre, avec ou sans magie.

– Et comment comptes-tu t'y prendre ? T'es juste une sorcière qui se la pète ! Pourquoi tu ne retournes pas dans les bois t'entraîner à lancer tes petits sorts merdiques !

– Oh, ma chérie, je ne lance pas de sorts, c'est dans mes veines que la magie coule, s'est vantée Blaire. D'autres comme moi existent, juste… pas dans ce monde misérable.

Comment ça, pas dans ce monde ? Il n'en existe qu'un, que je sache…

Blaire s'est concentrée et les corps inconscients de papa et d'Anya ont flotté jusqu'à la cuisine.

– Que leur as-tu fait ? ai-je crié, les larmes me montant aux yeux.

– Rien, a-t-elle répondu en claquant des doigts, faisant tomber leurs corps par terre. Pour l'instant. Si tu te conduis comme une bonne petite, ils s'en tireront sans une égratignure. Mais si tu te comportes mal…

Blaire a lancé un regard appuyé aux couteaux de cuisine avant de marmonner un autre sort, les faisant léviter jusqu'à venir se pointer directement sur Anya.

– Qu'attends-tu de moi ? ai-je demandé, la voix tremblante.

– Seulement une petite signature, a-t-elle répondu en souriant. Tu vas donner le contrôle de ton héritage à ta belle-mère préférée.

Jed

Je me tenais sous le jet brûlant de la douche des vestiaires de la Maison de la Meute, poussant un énorme soupir.

Depuis que le déséquilibre dans la Frénésie était apparu, Raphael me faisait courir partout. Il y avait tellement de plaintes que cela dépassait nos capacités de loups du Millénaire. Et comme je faisais aussi partie de l'équipe spéciale dirigée par Ève, je n'avais plus vraiment de vie sociale.

C'était un gigantesque honneur d'être le Delta de Raphael, mais parfois, j'aurais aimé pouvoir mener mes propres projets.

Quand j'ai vu Raphael et Ève ensemble... je me suis fait la réflexion que j'aimerais avoir ce qu'ils partageaient. Leur lien de compagnons était si fort qu'on l'aurait dit capable de résister à n'importe quoi.

Je n'avais même pas de petite amie, alors une compagne...

Comment je pourrais trouver le temps pour ça ?

Reyna le trouvait bien, elle... Elle passait chaque seconde de son temps libre avec ce Derek... J'en pouvais plus d'entendre parler de lui. Surtout qu'il était la raison pour laquelle Reyna et moi, on se voyait de moins en moins.

J'ai coupé l'eau et me suis assis sur le banc pour me sécher.

– Yo, Jed. Vire de là, t'es plus en service, a lancé Shade qui passait dans le coin et m'a donné un coup de serviette.

– On est des loups du Millénaire. On est toujours en service, ai-je répliqué, très sérieux.

– Eh bien, en tant que Gamma, je te dis de prendre ta soirée, a-t-il insisté sur le ton de l'ordre. Va t'amuser. T'as pas une petite copine ?

J'ai hoché la tête, reconnaissant.

– Merci, Shade.

J'ai sorti mon sac de mon casier et j'ai vu que mon téléphone s'éclairait. Des messages de Reyna. Sauf qu'ils ne voulaient rien dire.

Je lui ai répondu, essayant de la faire s'expliquer, mais rien de ce qu'elle écrivait ne faisait sens.

C'est quoi, ce bordel ?

Après quelques minutes, elle a arrêté de m'écrire. Cela ne lui ressemblait pas.

Avec tout ce qui se passe dans cette ville, je ferais mieux de mener l'enquête.

***

En me garant dans la longue allée menant à la maison de Reyna, j'ai repéré une autre voiture, près de l'entrée. Immédiatement, je suis passé en mode Delta. J'ai reniflé l'air, décortiquant ses fragrances – des clous de girofle et des aiguilles de pin.

J'ai dressé les oreilles, essayant de repérer des mouvements suspects. Mes griffes sont sorties, juste au cas où.

Jaillissant de mon véhicule, j'ai marché jusqu'à l'autre voiture au moment où un jeune loup-garou en sortait.

– T'es qui, toi ? ai-je demandé avec autorité. Comment tu connais Reyna ?

Il a eu l'air surpris, puis après m'avoir observé avec dédain, il a lancé :

– Oh, tu dois être Jed.

– Et toi ? ai-je insisté, de plus en plus impatient.

– Je suis Derek, le… enfin, je sais pas trop ce qu'on est, Reyna et moi, mais on se fréquente, disons.

Tout m'énervait chez ce gars. Son jean déchiré. Ses doigts tatoués. Ses cheveux ébouriffés.

– Qu'est-ce que tu fiches ici ? a demandé Derek.

C'était à son tour d'avoir l'air suspicieux.

– Elle m'a envoyé des messages bizarres, je vérifie que tout va bien, ai-je répondu froidement.

Elle ne répondait pas aux miens, alors je faisais la même chose.

Une tension incroyable s'est installée entre Derek et moi. Clairement, on ne s'appréciait pas.

– Elle m'a dit, a-t-il déclaré soudain, un peu trop fier de lui.

– Dit quoi ? ai-je demandé en grondant.

– Qu'elle est moitié vampire. Elle m'a tout raconté.

Mon estomac s'est serré. J'ignorais pourquoi ça m'ennuyait autant. Reyna était libre de se confier à qui elle le voulait. Mais c'était comme si ce gamin avait conscience que ça allait m'emmerder de savoir qu'il était au courant.

– C'est qui, ça ? a demandé Derek, tout à coup, attirant mon attention vers un endroit qu'il pointait du doigt.

J'ai presque sursauté en découvrant Snow qui se tenait, silencieuse, à quelques mètres de nous.

– Snow, qu'est-ce que tu fiches ici, putain ? ai-je demandé avec nervosité. Tes parents vont te tuer. Et moi avec.

Elle a commencé à désigner frénétiquement la maison de Reyna.

– Qu'est-ce qui se passe ? Qu'est-ce qu'elle a ? a demandé Derek, confus.

– Quand Snow débarque… ça veut dire que quelque chose de mauvais est sur le point d'arriver, ai-je expliqué, en commençant à me transformer.

Reyna

Un contrat voletait devant moi – un contrat qui stipulait que je cédais mon héritage entier à cette ensorceleuse manipulatrice.

Ma famille était à sa merci, et ils étaient plus importants à mes yeux que n'importe quelle somme. Je savais ce que j'avais à faire.

Blaire m'a adressé un sourire démoniaque alors que je ramassais un stylo transparent.

– Il n'a pas d'encre, ai-je dit.

– Pas besoin d'encre, petite.

En pressant la pointe sur le parchemin, j'ai senti une piqûre me traverser le corps. Le stylo se remplissait de mon sang.

– Signe, maintenant, a exigé Blaire. Et dépêche-toi.

J'ai grimacé en faisant bouger le stylo sur le papier, voyant mon nom s'épeler en lettres de sang.

C'était fait.

– Tu as eu ce que tu voulais. Maintenant, libère ma famille !

– Petite fille stupide, a-t-elle rétorqué en riant. Personne ne sortira d'ici. Pour que ce contrat soit valide…

Ses yeux m'ont transpercée comme des dagues.

– Je dois être le dernier membre de cette famille toujours en vie.

ÉPISODE 19

FUGUE

Reyna

Les cheveux et la robe de Blaire se sont mis à onduler avec force tandis qu'elle incantait un sort complexe. Chaque objet de la cuisine tremblait. C'était comme si la maison tout entière bougeait sur ses fondations.

Je l'ai entendue prononcer le mot « Frénésie » un certain nombre de fois.

Elle utilise le déséquilibre pour invoquer un sort. Et visiblement, mes pouvoirs ne vont pas suffire à me protéger.

Il ne resterait sans doute rien de moi pour résister, de toute façon.

Soudain, j'ai entendu du raffut dans l'entrée et deux hurlements perçants ont résonné dans le couloir. Cela a distrait Blaire pendant un moment, j'en ai profité pour lui envoyer un coup de tête dans le ventre, la faisant valser.

– On est dans la cui… ai-je essayé de crier, mais les mains de Blaire étaient déjà autour de ma gorge.

– Je vais devoir te tuer d'une manière plus traditionnelle, a-t-elle rugi alors que je cherchais désespérément à reprendre mon souffle.

Deux loups ont surgi dans la cuisine et se sont jetés sur Blaire, la faisant lâcher prise. C'était Jed ! Et à l'odeur, j'ai deviné qu'il était accompagné de Derek ! Je ne pouvais pas croire qu'ils avaient tous deux compris que quelque chose tournait mal.

Mais ils n'étaient pas seuls…

Snow était tapie dans le couloir. L'ensorceleuse lançait sort après sort sur les garçons, détruisant la cuisine.

Je me suis cachée derrière le comptoir central et j'ai fait signe à Snow de ne pas bouger.

– Je te rejoins ! ai-je hurlé.

Du bois volait en éclats de toutes parts.

Du verre se brisait à chaque coin de la pièce.

C'était une zone de guerre.

Blaire avait projeté les loups à quelques mètres de Snow, celle-ci a paniqué et a commencé à courir au milieu de la mêlée.

– SNOW, NON ! ai-je crié, mais trop tard.

Un des sorts de feu de Blaire se dirigeait droit sur elle. Snow a levé les mains et… elle a changé la trajectoire du sort qui est revenu à l'envoyeuse, la frappant en plein ventre et l'envoyant voler direction le four.

Oh merde ! Un autre nouveau pouvoir !

Tout à coup, j'ai réalisé que Snow avait également du sang d'ensorceleuse dans les veines. Ses yeux se sont embrasés comme les enfers et cela m'a effrayée. Je ne l'avais jamais vue ainsi.

Le four a pris feu, cramant Blaire au passage. Elle a hurlé quand le feu a enveloppé son corps. J'ai attrapé Snow et l'ai attirée en sécurité alors que Jed et Derek se redressaient pour se placer devant nous et former une barrière.

De l'eau a jailli des tuyaux de l'évier et a éteint les flammes entourant Blaire. Elle se tenait devant nous, couverte de brûlures, ayant enfin l'air de ce qu'elle avait toujours été, à l'intérieur.

– Vous allez tous mourir pour ce que vous m'avez fait ! Je vais vous supprimer les uns après les autres, et je vous ferai souffrir !

Les yeux de Blaire sont devenus rouges et elle a commencé à psalmodier, me désignant du doigt.

Derek a ouvert les mâchoires et rugi avec férocité. Il a bondi en avant et, quelques secondes plus tard, la tête de Blaire a roulé sur le sol jusqu'à mes pieds. J'ai plaqué mes mains sur ma bouche et me suis mise à hurler. Il avait arraché sa tête d'un seul mouvement ! Je n'avais jamais vu ce genre de puissance chez un loup.

J'ai couvert les yeux de Snow, tout en me retenant de vomir.

Derek ne faisait que me protéger, mais il avait l'air sauvage et désorienté et il me faisait peur. Quelques moments après, la soif de sang a disparu de ses yeux et j'ai retrouvé le Derek que je connaissais.

Jed et lui ont repris forme humaine. Et je me fichais bien qu'ils soient nus. Tout ce qui m'importait, c'était qu'ils soient venus me sauver.

***

Après que Derek et Jed ont nettoyé le bordel dans la cuisine, Jed a ramené Snow chez elle et Derek m'a laissée seule avec ma famille. Papa avait le cœur brisé de réaliser que sa relation avec Blaire était manipulée par la magie et qu'elle avait prévu de nous faire du mal tout du long. Anya et moi faisions de notre mieux pour le réconforter.

– J'ai été tellement idiot, a déploré papa, se tenant la tête entre les mains. J'ai laissé quelqu'un s'installer chez nous, qui voulait notre perte. Je vous ai mises en danger.

– Papa, ce n'est pas ta faute, a dit Anya en lui frottant le dos. Ce n'était pas une simple menteuse, c'était une ensorceleuse.

– Je devais être si désespéré que j'ai été aveugle, s'est-il apitoyé.

Papa avait vraiment eu la vie dure depuis le décès de maman. Il souffrait de solitude, et Blaire avait été la seule personne avec qui il avait pu se montrer vulnérable. Dommage qu'elle se soit révélée être une pétasse psychopathe.

– On t'aime, papa, ai-je dit, en l'enveloppant de mes bras. Tu vas trouver quelqu'un avec qui vivre quelque chose de réel, très vite. J'en suis persuadée.

Il nous a adressé un tout petit sourire et nous nous sommes tenu les mains.

– Je ne sais pas ce que je ferais sans vous, les filles, a-t-il affirmé en essuyant une larme.

***

Après cette journée épuisante émotionnellement, je me suis glissée au lit. J'étais prête à passer à autre chose, à des événements moins dramatiques.

J'ai tendu le bras vers mon téléphone pour ouvrir la discussion que j'avais avec Derek. Aujourd'hui, il m'avait sauvé la vie. Et j'avais été si exsangue mentalement et physiquement que je n'avais pas vraiment pris le temps de le remercier.

Reyna : Salut Derek.
Reyna : Je voulais juste...
Reyna : Je ne sais même pas trop quoi dire à part...
Reyna : Merci.
Derek : J'espère que je ne t'ai pas fait peur.
Derek : Je voulais juste te protéger.
Reyna : Je comprends.
Reyna : Tu as fait ce qu'il fallait pour me sauver la vie.
Derek : Et je la décapiterais encore s'il le fallait.
Reyna : Merci d'avoir été là quand j'ai eu le plus besoin de toi.
Reyna : Bonne nuit.

Derek : Toi aussi Rey.
Derek : Fais de beaux rêves.

Alors que je m'allongeais, les yeux fermés, un flash de la tête de Blaire roulant à mes pieds m'est apparu.

De beaux rêves, ouais, bien sûr…

J'ai essayé de chasser l'image odieuse de mon esprit pour me concentrer à la place sur les gens qui m'étaient venus en aide aujourd'hui…

Derek.

Et… Jed.

***

Mes bras étaient maintenus au-dessus de ma tête alors qu'il traçait un chemin de baisers entre mon cou et mon ventre. Sans perdre de temps, il m'a retiré mon tee-shirt, mais il l'a fait doucement – comme pour savourer le moment.

Je me suis redressée et l'ai embrassé sur ses lèvres si douces, ses mains bataillaient avec l'attache de mon soutien-gorge.

J'ai ri doucement.

– Pas si facile que ça en a l'air, a-t-il dit, sur la défensive.

Il a abandonné sa lutte pour s'attaquer à mon jean, le déboutonnant avant de me le retirer. J'ai encore ri quand le pantalon s'est retrouvé bloqué au niveau de mes chevilles.

Il était nerveux et c'était adorable. Moi aussi, je l'étais. C'était notre première fois ensemble.

Il m'a dévisagée, rouge comme une tomate. J'étais étendue sans rien d'autre que mes sous-vêtements.

Une petite tente s'était formée au niveau de son entrejambe. J'ai tendu la main pour la toucher, le faisant frissonner. Ses abdos sculptés se soulevaient alors qu'il respirait avec peine.

J'ai descendu sa braguette et passé la main sous la ceinture de son boxer.

Il était gros. Si gros.

– Jed… ai-je murmuré.

J'ai plissé les lèvres et ouvert légèrement ma bouche alors qu'il guidait doucement ma tête vers sa…

***

Je me suis réveillée d'un bond, allongée sur le ventre, une main entre les jambes. Je me suis rapidement retournée et j'ai pris une profonde inspiration, j'ai agité mon tee-shirt imprégné de sueur.

Je n'avais jamais rêvé comme ça jusque-là…

Mais ce n'était pas d'avoir fait un rêve érotique qui me mettait mal à l'aise… La question qui me hantait, c'était : pourquoi Jed était-il là ?

Ève

J'étais tellement en colère que je sentais mes pouvoirs de Diable remonter à la surface. J'étais furieuse.

– Comment as-tu pu te montrer si irresponsable ? Si imprudente ? ai-je hurlé à Snow. Je t'ai répété cent fois de ne pas partir de la maison seule, comme ça !

Mes mots cinglants ont fait trembler ma fille, mais je ne pouvais pas me permettre d'être douce. Il fallait qu'elle comprenne.

– Tu as des pouvoirs, Snow, mais ça ne veut pas dire que tu peux courir partout et faire ce qui te chante. En fait, c'est même le contraire. Ton comportement est dangereux !

Snow a haussé les sourcils et détourné la tête. Elle faisait toujours ça quand elle refusait de m'écouter. J'ai enragé encore plus. En l'attrapant par le poignet, je l'ai forcée à me regarder en face.

– *SNOW !* JE SUIS TA MÈRE ! TU DOIS M'OBÉIR !

Des larmes ont jailli sur son visage alors qu'elle tentait de se libérer.

– NON ! a-t-elle crié, avec effronterie.

J'ai levé la main pour la gifler et je me suis arrêtée.

Oh, mon Dieu, c'est juste une enfant, qu'est-ce que je fais ?

Snow est partie en courant vers sa chambre et en a claqué la porte, me laissant choquée.

Je n'étais pas préparée à affronter cela. Je n'avais aucune idée de la manière de gérer une enfant, alors être mère…

Cela faisait moins de cinq mois que Snow était revenue dans ma vie… Et malgré les cinq cents années qui étaient passées, rien ne m'avait entraînée à cela. Je l'aimais tant que ça me faisait mal, et c'est pourquoi j'étais si protectrice avec elle. Snow n'était pas une gamine de quatorze ans comme les autres, et pas seulement à cause de ses pouvoirs ahurissants. Elle n'avait pas les mêmes capacités mentales et émotionnelles qu'une ado de son âge et je m'étais montrée trop dure avec elle.

Tout comme je n'étais pas prête à la maternité, Snow ne comprenait pas beaucoup de choses du monde qui l'entourait. Sa naïveté me poussait à la protéger encore plus.

En soupirant, je me suis dit qu'il fallait que je m'assoie avec elle pour m'excuser. Je n'avais pas l'habitude d'utiliser les mots pour résoudre mes problèmes. La plupart du temps, je me contentais de sortir ma faux.

J'ai frappé à la porte de Snow, mais elle n'a pas répondu. *Pas étonnant…* Quand j'ai ouvert, il a fallu que je m'appuie sur le chambranle. Mon pire cauchemar venait de prendre vie. La fenêtre de Snow était grande ouverte et ses affaires étaient éparpillées à travers la pièce. Des draps noués pendaient du rebord de la fenêtre.

Snow avait fugué.

Et c'était ma faute.

ÉPISODE 20

LA PEUR ELLE-MÊME

Ève

– On va se séparer en groupes de deux, ai-je dit en faisant les cent pas à l'orée du bois attenant à la Maison de la Meute.

– Ces temps-ci, on peut s'attendre à n'importe quoi, alors tout le monde doit être sur ses gardes, a ajouté Raphael.

Killian, Jed, Reyna et son ami Derek, Anya et Martin étaient tous venus nous aider.

Malgré ce qu'ils avaient tous traversé récemment, personne n'a hésité à y mettre du sien pour partir à la recherche de Snow quand elle a disparu.

Les bois étaient le premier endroit évident ou chercher, mais ils étaient très étendus. On avait besoin de toutes les personnes disponibles pour les ratisser. Raphael a envoyé le reste de ses loups du Millénaire chercher dans d'autres endroits.

Le regard plongé vers la forêt, mes pires peurs ont commencé à s'insinuer dans mon esprit. Snow était un aimant à monstres Frénétiques. N'importe quoi pourrait être à ses trousses. Et s'il lui arrivait quoi que ce soit… ce serait ma faute. J'étais celle qui l'avait fait fuir.

Raphael a posé un bras autour de mes épaules, essayant de me réconforter.

– On va la retrouver, a-t-il dit, sûr de lui. Elle ne peut pas être bien loin.

J'ai pris une profonde inspiration, je me suis reprise et je suis repassée à l'action.

– Killian et Jed, prenez la partie Est des bois. Reyna et Derek, l'Ouest.

J'ai remarqué que Jed et Reyna s'évitaient du regard. Je n'arrivais pas à suivre ces gamins, mais quoi qu'il se passe entre eux, il faudrait qu'ils le mettent de côté pour ce soir.

– Martin et Anya, vous restez ici au cas où Snow revienne. Raphael et moi, on va droit devant.

Tout le monde a acquiescé et s'est placé à côté de son partenaire, pour entrer dans la forêt sombre ensemble…

Dès que j'ai posé le pied parmi les arbres, j'ai commencé à me sentir mal. Pas parce que Snow avait disparu mais parce que toutes mes peurs et mes insécurités refoulées sont remontées à la surface.

– Tu te sens bien ? Tu es plus pâle que d'habitude, s'est enquis Raphael, inquiet.

Tout mon corps était moite. Mes yeux partaient dans tous les sens, sondant avec anxiété les bois. Les poils de ma nuque se dressaient. La peur m'était pourtant étrangère, d'ordinaire. Pourquoi est-ce que j'étais terrifiée ?

Parce que t'es une mère merdique, a murmuré une voix à mon oreille.

Tu n'es rien qu'une salope au cœur de pierre.

Tu ne penses qu'à toi, tu te fous du reste du monde.

J'avais l'impression de devenir folle. D'où venait cette voix ? Étais-je la seule à l'entendre ? Raphael n'avait pas l'air d'être perturbé.

J'étais si effrayée que j'ai commencé à trembler. Je tremblais que ce que disait cette voix ne soit que la pure vérité.

Reyna

– Ces bois me donnent la chair de poule, ai-je dit en frissonnant et en me rapprochant de Derek.

Nous avions affronté une menace bien plus impressionnante il y avait quelques heures de cela, et nous avancions à nouveau vers l'inconnu.

– Je suis content que tu m'aies demandé de t'accompagner, a-t-il déclaré en passant son bras autour de moi. Je n'aurais pas voulu que tu y ailles seule.

Ou avec Jed, plutôt, a lancé une voix venue de nulle part.

– Quoi ? ai-je demandé en me tournant vers lui.

Il m'a dévisagée, confus.

– J'ai dit que je n'aimais pas l'idée que tu sois seule ici, pas après ce qui s'est passé tout à l'heure.

J'ai hoché la tête, les sourcils froncés.

Est-ce que j'entendais des voix ?

Pourquoi tu l'as pas baisé, encore ? Qu'est-ce que t'attends ?

J'ai fait volte-face, mais il n'y avait personne.

Tu ne penses pas que c'est le bon. Tu aimes quelqu'un d'autre. Pourquoi tu ne l'as pas baisé ?

POURQUOI TU LE BAISES PAS, REYNA ?

– STOP ! Tais-toi ! Ferme-la ! ai-je hurlé en me tenant la tête.

– Reyna, calme-toi ! Qu'est-ce qui se passe ? a dit Derek, essayant de me ramener à la réalité, mais je me suis écartée de lui.

Soudain, ses yeux ont commencé à parcourir les arbres autour de nous. Il entendait une voix, lui aussi. De la colère brillait dans ses yeux quand il s'est à nouveau focalisé sur moi.

– Tu ne veux pas être ici avec moi, c'est ça ? a-t-il grogné. Tu préférerais être avec Jed.

– De… de quoi tu parles ? ai-je demandé, nerveuse. Je te l'ai dit… Jed et moi, on est juste amis.

– Alors on est quoi, nous deux ? Parce que je ne suis pas ton copain, si ? Qu'est-ce que je suis pour toi ? Juste un pote, moi aussi ? Tu n'as pas l'air décidée à coucher avec moi, donc…

– Derek, stop ! Je ne veux pas parler de ça maintenant !

– Ce n'est jamais le bon moment ! a-t-il hurlé en retour. Tu évites toujours les conversations sérieuses !

Tu as simplement peur de la vérité. Abandonne-toi à cette peur, Reyna, a soufflé la voix, embrumant mon esprit.

– Non, non, non, ai-je dit en tombant à genoux. Qu'est-ce qui m'arrive ?

Je n'avais jamais eu aussi peur de ma vie. J'avais juste envie de me rouler en position fœtale et de fermer les yeux.

J'ai regardé dans la direction de Derek, qui était accroupi et tenait un arbre entre ses bras, se tapant la tête contre le tronc, encore et encore.

– Derek ! Arrête, je t'en supplie ! ai-je crié, mais il ne m'a pas écoutée.

Il a continué à se frapper la tête contre l'écorce.

Nous étions en train de perdre pied, de nous transformer en un désordre effrayant.

Et je ne savais pas si nous pourrions retrouver notre chemin…

Jed

Killian a marqué une pause au milieu du chemin boueux et a levé la main pour que je l'imite.

– Il y a quelque chose, ici, a-t-il affirmé, les yeux brillants.

Il utilisait ses pouvoirs vampiriques.

– Je ne sens personne de notre groupe, en tout cas, ai-je répondu en humant l'air.

– Je ne crois pas qu'on puisse en saisir l'odeur, a répondu Killian en tournant sur lui-même avec précaution.

Maintenant qu'il le mentionnait, j'avais de plus en plus froid, et les loups-garous n'étaient pas frileux. Quelque chose flottait dans l'air… quelque chose d'épais… qui me donnait l'impression de marcher dans la boue.

Killian a fermé les yeux et s'est concentré.

– Qu'est-ce que tu fais ?

– J'essaie de bloquer ce qui se trame… a-t-il répondu.

Si seulement tu pouvais le faire… mais tu es un incapable, a murmuré une voix à mon oreille.

– Hein, quoi ?

J'ai trébuché en arrière et me suis pris les pieds dans une racine.

– Qui est là ?

Tes peurs les plus sombres, Jed, les plus profondes, a répliqué la voix, joyeuse. *Ne fais pas comme si tu ne nous connaissais pas.*

– Stop… Stop…

Je tenais mes jambes contre moi et je me balançais d'avant en arrière.

– Ne l'écoute pas, Jed ! Quoi qu'il dise !

La voix de Killian me semblait distante.

Tu ne seras jamais à la hauteur. On le sait tous les deux. Tu ne seras jamais plus qu'un Delta. Jamais celui que tout le monde désire.

J'ai secoué la tête, ne voulant pas y croire, mais au fond, je savais que c'était vrai.

Tu ne seras jamais celui qu'ELLE veut.

Reyna.

Bien sûr qu'elle ne voulait pas de moi. Pourquoi aurait-ce été le cas ? Je n'avais jamais été à la hauteur de qui que ce soit.

– Jed !

La voix de Killian semblait toujours lointaine. Les arbres noueux refermaient leurs membres sur moi. Tout ce que je pouvais voir, c'était le noir complet.

– JED !

Ce n'étaient pas des branches acérées qui s'abattaient sur moi mais les bras de Killian.

– Jed, secoue-toi ! Tu vas bien ! Tout va bien !

Alors que mon anxiété se dissipait, les larmes me sont montées aux yeux. Killian venait de me ramener d'un endroit très sombre.

J'espérais que les autres n'affrontaient pas la même chose…

Raphael

– Ève ! Reviens !

Elle s'enfonçait de plus en plus dans la folie, et je n'allais pas vraiment mieux. Ses ailes avaient jailli de son dos, l'enveloppant d'un cocon impénétrable. La peur l'avait complètement submergée.

Nous n'allions jamais trouver Snow si nous étions tous deux incapables de fonctionner. Si Ève était atteinte à ce point, alors les autres devaient être dans un pire état encore.

J'avais beau être l'Alpha du Millénaire, mon armure se craquelait, elle aussi.

Tu les as laissées toutes les deux pendant cinq cents ans.

Quel genre de compagnon es-tu ?

Quel genre de père es-tu ?

– SORS DE MA TÊTE ! ai-je rugi.

Les murmures creusaient dans mon cerveau et s'y installaient, mes insécurités commençant à remonter à la surface.

Pourquoi ne pouvais-je pas être l'homme dont Ève et Snow avaient besoin ? J'avais une *fille,* à présent ? Qu'est-ce que je savais du rôle de père ? Ma propre famille avait été un bordel sans nom, et c'était un euphémisme. Comment empêcher l'histoire de se répéter ?

Maintenant, ma compagne était complètement hors d'atteinte et je me sentais impuissant. Incapable de faire quoi que ce soit pour ma meute. Je n'étais pas un Alpha… J'étais un imposteur.

– NON ! ai-je hurlé, en réussissant à me transformer partiellement.

Dans mon état de loup, mes sens étaient aiguisés et je pouvais mieux lutter contre cette chose.

– Montre-toi, lâche !

Lâche ? a répété la voix, rieuse. *Impossible. Je suis la peur elle-même.*

De quoi est-ce que ça parlait ? *La peur elle-même ?*

Soudain, cela m'a frappé. J'ai compris à quoi nous avions affaire…

Ces choses étaient rares et d'habitude pas si vocales, mais un déséquilibre dans la Frénésie était l'invitation parfaite pour que l'une d'entre elles se glisse parmi nous…

Très bas, j'ai grogné et j'ai serré mes griffes.

– On est pris pour cible par un Créateur de peur.

ÉPISODE 21

LES COMBATTANTS DE LA PEUR

Ève

J'étais plongée dans l'obscurité totale, mon esprit altéré par la peur. Une rue brumeuse était apparue dans ma psyché. On aurait dit Londres, mais le brouillard était trop épais pour que j'en sois certaine.

Avec précaution, j'ai avancé dans la rue, ne sachant pas vraiment si elle était réelle ou juste dans ma tête.

Un rêve ?

Un souvenir ?

Soudain, j'ai entendu un cri à glacer le sang.

– Pousse ! Plus fort ! a crié une voix de femme. Elle est presque là ! Tu peux le faire !

J'ai entendu une autre voix gémir.

– Je ne peux pas !

C'était la mienne.

Puis tout ce que j'ai entendu, c'étaient les cris d'un bébé. J'ai fait volte-face et remarqué une bassine, au milieu de la rue.

Tout ce que je voulais, c'était réconforter l'enfant et arrêter ses pleurs. Mais quand je me suis approchée, la bassine était vide.

C'était moi, maintenant, qui pleurais.

– Non ! Vous ne pouvez pas la prendre ! S'il vous plaît, elle est tout pour moi !

La voix de Barron Von Logia a soudain retenti dans la rue vide.

– Tu la récupéreras, mais seulement si tu m'obéis.

– Je ferai n'importe quoi ! ai-je supplié.

Les mots sortaient de ma propre bouche et pas de ma version éthérée.

– Tu dois mener à bien une mission pour moi. Ensuite, tu auras ta fille.

Cette fois, c'était la voix de Llinos Von Logia.

Ils m'avaient tous deux utilisée comme un putain d'outil, me faisant aller et venir selon leurs caprices.

– Maman ! Maman, j'ai peur !

La voix de Snow s'est imposée à toutes les autres.

– Snow ! Ou es-tu ?

J'ai commencé à courir dans une allée sombre, mais mon chemin était bloqué par un homme pâle. Il a ouvert la bouche et souri, révélant des crocs pointus.

Ma faux est apparue et je lui ai coupé la tête sans vraiment le vouloir. Ses yeux étaient écarquillés d'horreur. En me retournant, j'ai vu un autre vampire apparaître, cette fois c'était une femme. Je l'ai poignardée dans le cœur et elle m'a dévisagée, de la douleur dans le regard.

– P… pourquoi ? a-t-elle balbutié alors que du sang lui couvrait le menton.

Deux autres vampires sont apparus. Les parents de Killian.

– Pourquoi as-tu fait ça, Ève ?

Je les ai coupés en deux, incapable de m'arrêter.

Un autre vampire est arrivé.

Puis un autre.

Et encore un.

Les uns après les autres, je les ai tués, des larmes me maculant les joues. Je ne pouvais pas m'en empêcher. Très vite, je me suis retrouvée debout sur une montagne de cadavres.

Ils m'ont tous regardée, me posant la même question :

– Pourquoooooooi ?

C'était comme si des milliers de cigales s'agitaient, alors j'ai plaqué mes mains sur mes oreilles, essayant d'étouffer le bruit.

– Stop ! Stop ! Je suis désolée ! Je devais le faire !

– Ève !

C'était une nouvelle voix. Grave. Familière.

Raphael…

– Tu dois reprendre le contrôle ! Concentre-toi sur ma voix ! Tu es plus forte que tes peurs ! Reviens vers moi, Ève ! J'ai besoin de toi ! Notre fille a besoin de toi ! ÈVE !

***

Mes ailes se sont rétractées. En ouvrant les yeux, j'ai vu mon compagnon penché sur moi, l'inquiétude marquait ses traits. Il s'est immédiatement agenouillé pour m'entourer de ses bras.

– Putain, Ève, ne me fais plus peur comme ça ! a-t-il lancé en me serrant fort. On a un Créateur de peur sur le dos, je n'ai pas besoin que t'en rajoutes.

Un Créateur de peur. Bien sûr. C'est pour ça que je suis devenue folle…

C'était la voix de Raphael qui m'avait ramenée. C'était comme s'il m'avait harponnée pour me ramener à la réalité.

– Snow ! ai-je hurlé, soudain. Il faut qu'on la retrouve !

J'étais furieuse contre moi-même d'avoir laissé la peur me freiner dans mes recherches.

– Où qu'elle soit, le Créateur de peur ne devrait pas être loin. Ils doivent s'attirer comme des aimants. Ses pouvoirs ont été clairement boostés par la Frénésie, a indiqué Raphael en m'aidant à me relever. Je ferai tout ce qui est en mon pouvoir pour ramener Snow en sécurité.

Sans réfléchir, je me suis penchée pour l'embrasser, pressant avec passion mes lèvres contre les siennes. Je montrais rarement mon affection, mais voir Raphael si préoccupé par notre fille, si paternel, me faisait l'aimer encore plus fort.

Il était mon pilier de fortitude. Il fallait que je joue ce rôle pour tous les gens à la recherche de Snow.

J'ai bloqué tout ce qui m'entourait pour me concentrer, créant un lien télépathique avec le reste du groupe.

Tout le monde, écoutez-moi avec attention. Un Créateur de peur Frénétique est dans les parages, essayant d'invoquer nos peurs les plus profondes et les plus sombres pour les retourner contre nous. Ne cédez pas ! Nous sommes plus forts que l'ensemble de nos peurs ! Battez-vous !

J'ai gardé le lien télépathique ouvert, mais je me suis tournée vers Raphael.

– Ramenons notre fille à la maison… ensemble.

Jed

La voix d'Ève faisait écho dans ma tête, me donnant des forces. Il m'aurait été facile de glisser entre les griffes de la peur, mais entre l'aide de Killian et celle d'Ève, j'avais réussi à garder le contrôle.

Je me suis partiellement transformé et la première chose que j'ai faite, c'est de repérer l'odeur de Reyna. Je voulais m'assurer qu'elle allait bien.

– On devrait peut-être se regrouper, ai-je suggéré. On est plus forts en meute, non ?

– Théoriquement, a répondu Killian. Mais on couvrira plus de terrain si on se sépare. Et Snow est toujours dans la nature, quelque part.

Il avait raison, mais ça me tuait de ne pas savoir comment Reyna s'en sortait contre le Créateur de peur. Si elle avait pris le même chemin sombre que moi…

Je n'aurais pas souhaité cela à quiconque, pas même à mon pire ennemi… et Reyna était ma meilleure amie.

– Reyna n'est pas loin. Peut-être qu'on devrait aller voir si elle va bien ? ai-je suggéré, incapable de lâcher l'affaire.

Killian m'a lancé un regard interrogateur.

– Je ne pense pas que ce soit nécessaire, Ève nous connecte les uns aux autres. Et puis, elle est avec son petit ami. Je suis certain qu'elle va bien.

– Ce n'est pas son petit ami, ai-je répondu avec amertume. C'est juste…

Je ne savais pas comment terminer cette phrase. J'aurais eu l'air jaloux dans tous les cas.

– Qu'est-ce qui se passe, exactement, entre vous deux ? s'est enquis Killian alors que l'on s'enfonçait plus loin dans les bois.

– Entre Reyna et moi ? Rien ! On est juste amis !

Killian n'en croyait pas un mot.

– Où est allé ton esprit quand la peur s'est emparée de toi ? m'a-t-il demandé

Une sensation de malaise s'est emparée de mon ventre. Une de mes peurs les plus profondes avait été de ne pas être à la hauteur de Reyna. Qu'elle ne me voudrait jamais de la même façon que…

Que moi…

Je la voulais.

Merde.

J'avais envie d'elle.

Réaliser cela, c'était comme si une tonne de briques s'abattait sur moi.

Ma relation avec Reyna signifiait tellement plus à mes yeux qu'une simple amitié platonique. Mais je n'arrivais pas à savoir si c'était réciproque…

Si elle ressentait quoi que ce soit pour moi…

Reyna

Derek et moi avons marché silencieusement dans les bois, incapables de trouver les bons mots pour communiquer.

Nos problèmes venaient de notre incapacité à repousser la peur… Des soucis que nous n'étions pas prêts à affronter. Avant que la tension n'augmente encore plus, nous avions besoin d'en parler… mais cela semblait être la chose la plus difficile à faire, là, maintenant.

J'espérais que les dégâts faits à notre relation seraient réversibles.

Soudain, Derek m'a attrapé la main. Il n'a pas parlé, mais ce petit geste m'a fait comprendre que tout irait bien.

Il s'est immobilisé brutalement, ses mains sont devenues calleuses et ses oreilles se sont allongées alors qu'il se transformait partiellement.

– Tu entends ? a-t-il demandé, les oreilles dressées.

Au début, je n'entendais rien, car mes sens étaient plus limités que ceux d'un loup, mais j'ai fini par capter un bruit. Des pleurs diffus, au loin.

Nous nous sommes regardés et avons crié à l'unisson :

– Snow !

Derek a achevé de se transformer et j'ai grimpé sur son dos tandis qu'il filait vers la source du bruit, ses pattes battant le sol de la forêt dense.

Nous sommes entrés dans une clairière où Snow était recroquevillée par terre, ses bras autour des genoux. J'ai bondi du dos de Derek pour courir vers elle.

– Snow ! Oh mon Dieu ! Je suis si soulagée que tu ailles bien ! ai-je dit, en plaçant mes mains sur ses épaules.

Son visage couvert de larmes s'est levé vers moi et j'ai été submergée par l'effroi.

Elle n'avait pas l'air apeurée… Elle avait l'air terrifiée.

Elle a essayé de formuler quelque chose, mais aucun mot n'est sorti de sa bouche. Elle a levé un doigt tremblant, désignant quelque chose derrière moi. Je me suis retournée doucement pour voir une ombre qui s'est matérialisée en silhouette humaine.

– Le Créateur de peur, ai-je déclaré, j'avais le souffle coupé.

Derek a essayé de plonger dans sa direction, mais il est passé à travers l'inconnu comme s'il était composé de fumée.

– Bonjour, Reyna, a dit le Créateur de peur, un sourire se formant sur son visage flou.

On aurait dit le chat de Cheshire.

– Comment puis-je te faire peur, aujourd'hui ?

– Laisse-nous tranquille ! ai-je hurlé en serrant Snow contre moi.

– Je crois que je sais, a-t-il continué, l'air maléfique.

J'ai senti la peur commencer à s'insinuer en moi. Les bois sont devenus plus sombres et brumeux. Snow a disparu, comme tout le reste. J'étais désorientée.

Quelqu'un se tenait à quelques mètres de moi – une fille –, mais elle était obscurcie par la brume.

– Snow ! ai-je appelé en courant vers elle.

J'ai attrapé son épaule et l'ai fait se retourner. J'ai crié en découvrant qui me faisait face. Ma pire peur.

La fille m'a souri en retour, dévoilant ses crocs. C'était moi.

Et j'étais devenue vampire.

ÉPISODE 22

AFFRONTE TES CRAINTES

Reyna

Elle était absolument magnifique.

Séduisante.

Attirante.

Puissante.

Chacun de ses mouvements, même les plus infimes, exsudait sa confiance en elle. Ses yeux verts irradiaient. Ses lèvres couvertes de sang m'appelaient.

C'était moi… après le Rituel m'ayant permis de devenir complètement vampire.

Cette version de moi-même n'était pas effrayante en soi… Ce qui me glaçait, c'était à quel point j'avais envie d'être elle. Mais à quel prix ? Qu'allais-je devoir faire pour devenir cette femme à couper le souffle ? Est-ce que ce serait encore moi ? Ou quelqu'un d'autre ?

Ces questions me terrifiaient.

La version vampirique et plus âgée de moi-même s'est avancée et m'est rentrée dedans comme si nous fusionnions. Mon souffle s'est haché et je me suis pliée en deux. Soudain, j'étais ailleurs. Un appartement luxueux situé au dernier étage d'un immeuble, rempli d'objets magnifiques et très coûteux.

Ma nouvelle vie ? Un héritage formé d'une vaste fortune et du vampirisme ?

Mon long peignoir en soie noir traînait derrière moi quand je me suis approchée de la gigantesque baie vitrée donnant sur tout Lumen. Une vue à couper le souffle, qui me rendait pourtant mal à l'aise par sa hauteur : j'étais déconnectée de tout ce qu'il y avait à mes pieds.

Je suis allée à la cuisine, où mon réfrigérateur transparent était rempli de petites bouteilles contenant un liquide rouge. Du sang… la seule chose que les vampires pouvaient ingurgiter après leur transformation complète.

Soudain, j'ai remarqué une tache de sang sur mon peignoir. Elle est devenue de plus en plus grosse jusqu'à ce que je sois complètement trempée. J'ai arraché mon vêtement pour le jeter sur le sol. Mais maintenant, j'avais les mains couvertes de sang. Je me suis sentie nauséeuse, j'ai couru dans la douche pour me nettoyer, mais quand j'ai ouvert le robinet, un déluge d'hémoglobine a couvert mon corps des pieds à la tête.

J'ai hurlé, l'épais fluide me collait la peau.

En sanglotant, j'ai tenté d'essuyer mes yeux en revenant comme je le pouvais dans le salon. J'ai trébuché sur la table basse, faisant tomber un cadre photo. Mes mains tremblaient quand je l'ai ramassée. C'était un cliché de papa, Anya et moi… Seulement, ils étaient vieux, malades, alors que j'étais toujours jeune et belle. C'était mon destin que de les voir s'étioler et mourir…

Je ne voulais pas ça. Je ne voulais rien de tout cela.

– Je veux revenir en arrière ! Je veux redevenir normale !

– Tu ne le seras jamais, s'est moqué le Créateur de peur. C'est ton destin. Tu dois l'accepter.

– Non, j'ai le CHOIX ! ai-je hurlé en retour, alors qu'une vague de puissance déferlait en moi. Et je ne vais pas choisir en me basant sur la peur !

Les murs, autour de moi, ont commencé à se craqueler avant d'exploser comme du verre. La forêt s'est reformée et j'ai vu le loup de Derek grogner en direction du Créateur de peur alors que sa forme ombrageuse essayait d'avaler Snow.

ALORS LÀ, NON !

J'ignore ce qui m'a poussée, mais j'ai couru plus vite que jamais auparavant. J'ai foncé sur le Créateur de peur et lui ai fait perdre l'équilibre.

– Tu n'es pas si éthéré que ça quand c'est une demi-vampire qui te fonce dessus !

La créature s'est tournée vers moi.

– Tu penses que je crains une petite fille qui a peur de son ombre ? Je vais te donner de quoi te faire crier !

Sa silhouette allongée m'a surplombée, m'engouffrant dans la pénombre. Quoi qu'il s'apprêtait à faire, cela m'envoyait des frissons dans tout le dos.

Sauf qu'il n'a pas pu passer à l'action…

Avant que je réalise ce qui se passait, Snow faisait tourner ses mains comme une tornade, aspirant l'ombre dans son tourbillon.

– Que se passe-t-il ? a crié la chose d'une voix paniquée.

Le Créateur de peur a eu la frousse, finalement.

Les yeux de Snow avaient roulé dans leurs orbites, elle continuait à l'attirer, terminant son mouvement en tapant dans ses mains, ce qui a transformé le monstre en fumée.

J'étais abasourdie par sa puissance. On aurait dit que c'était facile pour elle. Elle ne semblait même pas savoir ce qu'elle faisait. Tout était instinctif.

Snow s'est effondrée. Je l'ai prise dans mes bras et Derek a retrouvé sa forme humaine.

– Putain, c'était intense, a-t-il dit, l'air un peu sonné.

– SNOW !

La voix d'Ève a soudain résonné dans la clairière.

Notre lien psychique avait dû la conduire jusqu'à nous. Raphael, Jed et Killian n'étaient pas très loin derrière elle. Ève a pris sa fille dans les bras et je me suis jetée dans ceux de Derek. Il a eu l'air surpris, mais m'a vite serrée contre lui.

Je me fichais qu'on soit toujours en froid. Tout ce que je savais, c'était que là, maintenant j'avais besoin de lui.

Ève

Je n'étais plus sûre de pouvoir encore pleurer. Le monde m'avait tellement endurcie que mes émotions ne faisaient jamais surface. Mais tenir Snow dans mes bras après avoir failli la perdre… m'a clairement fait avoir la larme à l'œil.

Elle était la personne la plus importante pour moi, et je ne la laisserais plus jamais tomber.

– Je suis désolée, Snow, je n'aurais jamais dû te crier dessus. Je voulais seulement que tu sois en sécurité, lui ai-je dit en lui caressant les cheveux.

Elle a hoché la tête et a entouré mon cou de ses bras.

– J'espère que tu comprends que peu importe ce que tu fais, je serai toujours là pour toi. Peu importe combien les choses deviennent difficiles ou désespérées. Je te protégerai.

Raphael nous a entourées de ses bras.

– Pareil pour moi, a-t-il affirmé.

J'ai levé les yeux vers Reyna.

– Et le Créateur de peur ?

– Il a eu son compte, a-t-elle répondu, mal à l'aise.

Elle ne me disait pas tout, mais je n'allais pas insister pour l'instant. J'étais juste soulagée d'avoir retrouvé ma fille saine et sauve.

– Bien, déguerpissons de ces putains de bois.

***

Snow était une petite fille très spéciale.

Parfois, j'avais eu envie de poser un verrou magique sur sa porte ou de la discipliner à l'aide de mes pouvoirs, mais elle en avait aussi. Des pouvoirs que je ne pouvais même pas commencer à me représenter.

L'expression sur le visage de Reyna quand elle avait parlé du Créateur de peur… elle était inquiète.

Sans l'ombre d'un doute, je savais que c'était Snow et pas Reyna qui avait annihilé le monstre. Ses pouvoirs émergeaient à la vitesse de la lumière. Je n'aurais même pas été surprise si de la véritable foudre avait émané d'elle à un moment donné. Et impossible pour moi de l'aider à maîtriser tout ça quand j'ignorais l'étendue de tout ce qu'elle pouvait faire.

Elle était l'innocence incarnée, mais c'était aussi une arme de destruction massive.

J'avais besoin que Kimbringe ramène son Divin cul à Lumen avant que les choses virent au drame nucléaire. Et vu la nature imprévisible de la Frénésie… cela pouvait arriver à tout moment.

Reyna

Derek m'a raccompagnée chez moi. C'était comme si nous affrontions épreuve après épreuve pour tester la résistance de notre couple. C'était épuisant, je n'avais aucun repère.

Qu'il n'ait pas baissé les bras en disait beaucoup sur lui. Un loup moins coriace se serait déjà enfui la queue entre les pattes.

C'est pour cela que je commençais à me demander s'il n'était pas plus que ce jeune bad-boy un peu punk sur les bords. Je n'étais toujours pas certaine que c'était « le bon », mais un tel être existait-il vraiment ? Peut-être était-il temps pour moi de laisser s'envoler cette idée juvénile du mec parfait. Peut-être était-il temps de grandir.

– Tu penses à quoi ? m'a demandé Derek quand on est arrivés sur le pas de ma porte.

– Je pense à nous, ai-je répondu avec sincérité.

– Moi aussi, a-t-il répondu en caressant ma main. Ces quarante-huit heures ont été… agitées.

– La plupart des couples n'ont pas à vivre ça, ai-je affirmé en détournant le regard.

Il m'a attrapé le menton pour me forcer à le regarder.

– On n'est pas comme la plupart des couples.

En entrant dans la maison, laissant derrière nous nos insécurités, nous nous sommes embrassés passionnément.

Papa et Anya étaient déjà couchés. Derek m'a plaquée contre le mur, j'ai essayé de faire le moins de bruit possible, mais mes hormones n'étaient pas du même avis. J'ai laissé échapper un doux gémissement quand sa main m'a agrippé la taille.

Pendant un moment, Derek s'est immobilisé et m'a regardée ?

– Alors, on est en couple ?

– Oui, ai-je répondu sans hésitation. Je pense qu'on peut dire ça.

En montant les escaliers, Derek m'a embrassée encore plus passionnément, son corps si ferme était pressé contre le mien. C'était bon, et j'en voulais plus, mais Derek s'est encore arrêté.

– Tu es sûre que… tout va bien par rapport à ce qu'on s'est dit dans les bois ? On n'a pas vraiment réglé ça parce qu'on cherchait Snow, mais…

Peut-être que j'évitais d'aller au fond des choses. Ou peut-être étais-je juste fatiguée d'affronter des démons – qu'ils soient réels ou métaphoriques.

Mais là, maintenant, je n'avais pas envie de parler. C'était d'ailleurs la dernière chose dont j'avais envie.

– Derek, ai-je dit en plaçant un doigt sur ses lèvres, ce n'est pas le moment d'avoir une discussion.

Il a dégluti, ses yeux ont parcouru mon corps.

– Alors… c'est le moment de quoi ?
– De baiser, ai-je dit brusquement.
J'étais enfin prête.
Ou du moins… je pensais que je l'étais.

ÉPISODE 23

DE L'OR ET DES PAILLETTES

Reyna

Le soleil se levait et ses rayons m'ont frappée en plein visage, réchauffant ma peau. J'étais étendue près de Derek. Il ronflotait doucement, comme un bébé loup. C'était mignon et j'étais heureuse de me réveiller à ses côtés, mais…

La nuit dernière avait été inattendue.

J'avais été si certaine d'être prête, mais quand le moment était venu…

J'ai juste espéré que j'avais pris la bonne décision.

Je me suis extirpée discrètement du lit et j'ai ouvert la porte, scannant des yeux le couloir. Papa semblait préparer son café matinal. Il allait falloir que Derek s'éclipse par la fenêtre. C'était un loup-garou, il pourrait gérer un saut d'un étage. Je me sentais mal de devoir le réveiller alors qu'il avait l'air si apaisé. Les deux derniers jours avaient été tout sauf calmes. On avait tous mérité un peu de repos.

Une vibration a attiré mon attention vers la table de chevet où mon téléphone s'était illuminé. Qui pouvait bien m'écrire si tôt ?

Jed : Hé !
Jed : C'était fou hier soir.
Jed : Comme tout le reste ces derniers temps.
Jed : Mais au milieu de tout ce bordel, j'ai réalisé quelque chose.
Jed : On devrait se parler.
Jed : Peut-être que je pourrais faire un saut chez toi sur mon chemin vers la Maison de la Meute ?
Jed : Merde désolé pour l'avalanche de messages.
Jed : Je suis juste un peu nerveux.
Jed : Putain !
Jed : OK bon, je passe bientôt.

J'ai posé mon téléphone, confuse. Où voulait-il en venir ? De quoi avait-il besoin de me parler ? Pourquoi était-il nerveux ?

Peut-être que la Frénésie avait joué des tours à son cerveau ?

– Bonjour, ma belle, a dit Derek en grognant tout bas, m'attirant soudain dans le lit avec lui. Est-ce qu'on ne continuerait pas ce qu'on a commencé hier soir ?

Je me suis vite reculée et je l'ai repoussé dans son coin du lit.

– Derek, t'as perdu la tête ? Mon père est juste en bas !

– Tu ne disais pas ça hier… a-t-il répondu, visiblement agacé.

– Eh bien, hier c'était hier et ce matin, c'est ce matin, ai-je déclaré en lui lançant son tee-shirt. Habille-toi. Il faut que tu y ailles, sinon je vais être punie pendant tout le prochain millénaire !

Jed

De toute ma vie, je n'avais jamais été aussi nerveux. Entre Reyna et moi, il y avait toujours eu une étincelle, mais elle s'était vite transformée en amitié. Or c'était uniquement parce que j'avais été une poule mouillée et que je ne lui avais jamais révélé ce que je ressentais vraiment. J'étais un putain de Delta. Il fallait que je me montre honnête avec elle au sujet de mes sentiments.

En arrivant chez elle, mon trac menaçait de m'envahir entièrement, j'ai commencé à me dire qu'un autre Créateur de peur devait être dans le coin.

Sois un homme, Jed ! N'abandonne pas maintenant !

Raphael m'avait toujours entraîné à gérer n'importe quelle situation, mais bizarrement, il n'avait jamais abordé la question d'avouer ses sentiments à une fille qui nous plaisait.

Vu son passé chaotique avec Ève, peut-être que c'était mieux comme ça. Mais je me sentais toujours désarmé face à cette tâche.

J'ai marqué une pause en arrivant au bout de son allée. C'était le moment. J'allais dire à Reyna que… Mon cœur s'est soudain arrêté. Quelqu'un sortait par sa fenêtre.

… Derek.

J'ai sauté derrière un arbre pour observer Derek sur le rebord de sa fenêtre. Reyna est apparue et l'a embrassé sur les lèvres avant de regarder tout autour pour s'assurer que personne ne les voyait.

Il était clair qu'il avait passé la nuit avec elle.

Mais avaient-ils couché ensemble ?

Rien que d'y penser, mon estomac se retournait.

Derek a sauté au sol et a ajusté ses vêtements. Il a commencé à s'éloigner, alors j'ai plongé pour qu'il ne me surprenne pas.

Je me suis appuyé contre un arbre et me suis glissé sur le sol. Toute ma confiance en moi et ma préparation mentale s'étaient envolées.

Tout comme la chance que j'avais avec Reyna.

Ève

Alors que je m'aventurais dans les vastes couloirs de la Maison de la Meute de la côte Ouest, j'ai commencé à me lasser de leur monotonie. Bien sûr, il s'agissait d'une des plus gigantesques Maisons de la Meute existantes, mais aucun espace ne pouvait rendre ces murs moins plombants. Ce n'était pas une question de mètres carrés, il fallait simplement m'habituer à ma nouvelle vie.

À présent, j'étais une compagne et une mère, alors que j'avais passé ma vie à fuir. Maintenant que j'occupais un endroit que je pouvais enfin appeler « maison », cela me provoquait une étrange sensation.

Je n'avais plus à courir.

Après cinq cents ans, j'avais fait la paix avec mon destin, mais ce dernier semblait avoir d'autres projets pour moi. J'allais devoir m'y faire, et peut-être qu'une vie plus tranquille me conviendrait si je m'ouvrais à cette possibilité.

Une paire de mains s'est soudain posée devant mes yeux et mon système de défense est directement passé en cinquième. J'ai attrapé mon assaillant par les poignets et l'ai projeté dans les airs, matérialisant ma faux avant de l'appuyer contre son cou.

– Un dernier mot ?

– Euh… quelques-uns, oui ? a dit Raphael en riant. Je voulais te proposer un rendez-vous, ce soir.

Putain, je devais vraiment avoir baissé ma garde si même mon propre compagnon pouvait s'approcher aussi près de moi sans que je le repère…

J'ai rangé ma faux et j'ai observé Raphael avec suspicion.

– C'est quoi ton but caché ? Depuis quand, toi et moi, on s'organise des sorties en amoureux ?

– Depuis que j'ai envie de me reconnecter à toi, a-t-il répondu en me tendant la main. Alors, tu veux bien ? J'ai une surprise pour toi.

J'ai pris sa main et il m'a emmenée à travers plusieurs couloirs, nous avons grimpé plusieurs escaliers jusqu'à nous retrouver en haut d'une tour. Une vieille porte en bois nous séparait de la surprise que m'avait préparée Raphael.

– Tu m'as amenée au grenier ? ai-je demandé, sceptique. Jusqu'ici, je ne suis pas hyper impressionnée…

Mes mots se sont bloqués dans ma gorge quand Raphael a ouvert la porte. La pièce était couverte de fleurs dorées, leur luminescence formait un halo majestueux qui se reflétait sur tout ce qui l'entourait. Y compris l'énorme lit à baldaquin, au centre de la pièce…

– Que… qu'est-ce que…

Je n'avais pas les mots.

– Ce sont des fleurs magiques très rares appelées gargoldenias, a-t-il expliqué, l'air satisfait de ma réaction. Pas le nom le plus sexy, mais leur aura dorée crée un effet inégalé.

Elles étaient magnifiques, vraiment. Et c'était une si jolie attention. Je ne pouvais pas croire qu'il avait fait tout ça pour moi.

– Qu'en penses-tu ?

Je n'allais pas lui dire ce que j'en pensais. J'allais le lui montrer.

Je l'ai attrapé par le col et l'ai poussé sur le lit, puis je l'ai chevauché. Il a grogné son approbation quand j'ai commencé à déboutonner sa chemise et son pantalon. Son sexe tremblait déjà dans son boxer quand je l'ai caressé à travers le tissu. C'en était trop pour l'Alpha qui m'a attrapée par la taille pour me jeter sur le dos et déchirer mon haut.

J'ai frissonné de plaisir quand il a sucé et mordu mes tétons dressés.

Il a glissé une main entre mes jambes et a décalé ma culotte en dentelle pour plonger ses doigts dans ma chatte.

– Oui… plus loin…

En quelques secondes, j'étais nue. Il a ôté son boxer, son sexe projetant une ombre sur mon ventre alors qu'il se penchait vers moi. J'ai écarté les jambes, excitée, j'ai réalisé à quel point j'avais besoin de cela. Nos appétits sexuels avaient toujours été inextinguibles, mais depuis que nous occupions un rôle de parents au quotidien, c'était passé au second plan.

Raphael m'a pénétrée et c'était comme si je me transformais en fontaine. Il me faisait toujours tellement mouiller. Il est allé et venu en moi encore et encore, ressemblant à un dieu doré sous le halo des fleurs. Ses muscles ciselés se sont gainés encore plus quand il a convoqué toute sa puissance pour me baiser jusqu'à ce que j'en perde la tête. Mes yeux ont roulé dans leurs orbites quand j'ai atteint l'orgasme.

Il s'est retiré et m'a éjaculé dessus, son sperme jaillissant comme du fil d'or. Je me suis léché les lèvres de plaisir et il s'est penché pour m'embrasser.

– Tu es mon monde, a-t-il dit en me caressant doucement le visage.

– Et toi, le mien, ai-je répondu.

Jed

J'ai retourné un autre verre à shot avant de le plaquer sur le bar.

– Un autre ! ai-je grogné très fort à l'attention du barman.

Il m'a observé, inquiet, mais n'a pas osé s'opposer à la volonté d'un loup du Millénaire.

Avant que je réalise qu'elle était bien plus que cela, Reyna avait été ma meilleure amie. Mais maintenant… je ne savais pas ce qu'il adviendrait de nous. Son cœur ne battait pas pour moi. Il appartenait à Derek.

J'ai avalé plus d'alcool, espérant calmer ma douleur, mais cela n'a fait qu'amplifier ma frustration. Ces peurs, qui me murmuraient à l'oreille dans les bois, avaient eu raison. Je ne serais jamais à la hauteur de Reyna.

Alors que je me tenais la tête entre les mains, j'ai remarqué deux filles qui me fixaient de l'autre côté du bar.

Quelque chose clochait, elles étaient bien trop… *enchanteresses ?* Ouais, c'était ça, le mot. Toutes deux avaient de longs cheveux blonds ornés de pétales de fleurs, comme s'ils avaient naturellement poussé là. Leurs yeux étaient pareils au vert puissant d'une forêt dense et ils étincelaient comme par magie. Leurs vêtements étaient… eh bien, ils étaient presque non-existants. Leurs corps souples étaient offerts à la vue de tous sous des combinaisons transparentes pailletées.

Sans pouvoir m'en empêcher, je commençais à être excité. Ces filles étaient sexy à mort. Ce n'étaient clairement pas des louves-garous, et elles n'étaient pas du coin.

Alors qui étaient-elles ?

Elles se sont levées pour s'approcher de moi, des sourires séducteurs jouant sur leurs visages aux joues rouges.

– Bonsoir, ont-elles dit à l'unisson. Ça te dirait, un plan à trois ?

ÉPISODE 24

SUCRÉ SALÉ

Jed

Tant bien que mal, je suis entré dans la chambre d'hôtel avec une fille, Corinna et Kaleena, à chaque bras. Avec leurs accents doucereux et leurs corps à la fois minces et tout en courbes, ces filles étaient un mélange de sucre, d'épices et de tout ce qu'il y avait de bon en ce monde. Elles étaient exotiques, venant sûrement d'un pays lointain, mais j'étais trop saoul pour m'intéresser à cela.

Tout ce que je savais, c'était qu'elles me désiraient. C'était déjà plus que beaucoup de femmes.

Corinna a ôté son haut pour révéler de petits seins fermes avant de me grimper sur les genoux.

– Du calme, Corinna. Jouons un peu avec lui, d'abord, a dit Kaleena en secouant la tête. La moitié du plaisir est dans l'attente.

– Tout ce qui t'intéresse, c'est de « savourer » le moment, Kaleena, a-t-elle rétorqué en levant les yeux au ciel. Mais moi, je veux juste passer à l'action. Je suis déjà mouillée !

Corinna a pris ma main et l'a placée contre sa chatte humide, me rendant aussi dur qu'un diamant non taillé.

– D'accord, a concédé Kaleena, clairement agacée. Peut-être qu'on pourrait juste le goûter.

Kaleena a enlevé ses propres vêtements avant de s'avancer vers moi en tenue d'Ève. Elle a fourré sa langue dans ma bouche et l'a remuée en rythme. Elle avait le goût d'un putain de bonbon.

Corinna s'est levée et a tiré un petit sachet en plastique de son sac à main. Il était rempli d'une poudre violette pailletée. Elle en a versé sur une surface réfléchissante et a commencé à dessiner des lignes.

Kaleena l'a rejointe et elles ont commencé à inhaler la substance.

– Qu'est-ce que c'est ? ai-je demandé, un peu mal à l'aise.

Elles ont approché le miroir et l'ont placé sous mon nez.

– Essaie donc, mon sucre, a dit Corinna avec douceur, comme si elle me tendait des cookies faits maison et pas de la drogue.

– Tu vas voir, tout va être encore meilleur, a promis Kaleena, en se caressant tout le corps.

La substance semblait déjà lui faire de l'effet.

J'étais bourré comme pas possible, et elles étaient extrêmement convaincantes. Mes inhibitions avaient complètement disparu.

Juste un peu, ça ne va pas me faire de mal…

Je me suis penché en avant et j'ai sniffé une ligne de poudre pourpre. L'effet a été quasi instantané. Les filles ont commencé à danser en cercle autour de moi et la pièce s'est mise à tourner. Ma tête valsait au même rythme.

Chaque couleur était magnifiée.

Chaque sensation.

Chaque mouvement.

C'était absolument incroyable.

C'était quoi ce truc ?

J'hallucinais ou des petites ailes de papillon avaient jailli du dos des filles ? Leurs tétons ressemblaient à des fleurs fraîches. Chaque tache de rousseur sur leurs corps brillait comme un flocon pailleté. Leur odeur était celle de la forêt après la pluie.

Je ne pouvais qu'imaginer le goût de leur chatte. J'ai placé ma tête entre les cuisses de Corinna et j'ai commencé à la lécher. Elle n'avait pas menti quand elle avait dit qu'elle mouillait. Je n'avais jamais rien goûté de si doux et acidulé.

Quand ma langue a massé son clitoris, elle a poussé un gémissement.

Kaleena a rampé sous moi et a commencé à me sucer. Sa langue était comme du velours pur et j'ai grogné de satisfaction. Je me suis enfoncé plus loin dans sa bouche et elle a accepté avec joie chacun de mes centimètres.

– C'est ça, *savoure-la,* ai-je dit.

Corinna m'a lancé un sourire mystérieux.

– C'est trop mignon que tu croies maîtriser la situation.

J'ignorais ce qu'elle voulait dire, mais je m'en fichais bien alors qu'elle me poussait en arrière et me chevauchait. Elle montait et descendait, couinant de plaisir, tandis que Kaleena s'asseyait sur mon visage. Elle m'offrait encore plus de saveurs que Corinna.

Je suis passé de l'une à l'autre, les baisant chacune à leur tour. Elles étaient insatiables. Je commençais à être épuisé, mais j'étais incapable de m'arrêter.

Cette drogue me faisait durer et durer. C'était comme si on avait baisé toute la nuit. Et quand j'ai jeté un regard vers l'horloge, je me suis aperçu que c'était le cas.

Six heures.

Comment était-ce possible ? J'avais de l'endurance, mais là, ça dépassait le raisonnable.

– Il fatigue, a dit Kaleena en lançant un regard à Corinna.

– Il a besoin d'en prendre plus, a répondu celle-ci en me fourrant davantage de poudre violette dans les narines.

– Non ! ai-je crié en essayant de résister.

Mais peu importait combien je luttais, je ne parvenais pas à les arrêter. Alors j'ai juste laissé faire.

– C'est quoi, cette drogue ? ai-je demandé en me sentant partir à nouveau.

– De la poudre de fée, bien sûr, a dit Corinna avec joie.

– Vous… vous êtes des fées ? me suis-je étonné.

– Bien sûr, a répliqué Kaleena en se rengorgeant.

– Je suis surprise qu'il ait tenu si longtemps. Peut-être que c'est à cause de cette étrange Frénésie, a lancé Corinna, amusée.

Ses contours devenaient flous.

– Le dernier a lâché au bout de cinq heures.

– Pff, quel bordel ! a dit Kaleena avec un ton dégoûté. Certains hommes ont les yeux plus gros que le ventre.

– Pas celui-là, a affirmé Corinna avec un sourire désarmant alors qu'elle me soufflait une poignée de poussière au visage.

C'est la dernière chose dont je me suis souvenu avant de m'évanouir.

Reyna

– Concentre-toi, Reyna ! a crié Ève en continuant à se battre contre moi. Tu manques plein d'ouvertures ! Et je ne force même pas !

– Je me concentre ! ai-je répliqué, aussi fort qu'elle.

C'était faux.

Ma tête était ailleurs. À plein d'endroits, en fait.

Je pensais à Derek, et à ce qui s'était passé la veille. Je pensais à Jed, à ce qu'il avait à me dire, au fait qu'il n'était jamais venu et n'avait pas répondu à mes messages. Je pensais à tout, sauf à anticiper les coups qu'Ève faisait pleuvoir sur moi.

Au dernier moment, j'ai esquivé et elle m'a manquée d'un millimètre. Elle a fait céder mes jambes et j'ai atterri sur le cul.

– À quoi ça sert que tu me tabasses comme ça, dans ma préparation au Rituel ? Je ne suis même pas sûre de vouloir le faire.

– Tu dois être prête mentalement et physiquement, a-t-elle affirmé en me regardant de haut. Et pour l'instant, ce n'est pas le cas, loin de là.

Elle m'a tendu la main pour m'aider à me redresser.

– Qu'est-ce qui se passe ?

– Comme si ça t'importait !

– C'est… c'est le cas. Raconte-moi.

Je lui ai lancé un regard pour la jauger ; Ève n'avait jamais montré le moindre intérêt pour ce que je pouvais ressentir. Pourquoi est-ce que ça la prenait maintenant ?

– Toi ? Toi, tu veux parler ? ai-je demandé, confuse.

– OK, j'essaie de me montrer compréhensive, alors ne m'insulte pas.

On s'est posées sur le bord du ring, le dos contre les cordes.

– C'est… à propos d'un garçon, ai-je admis, ne croyant toujours pas que j'allais me confier à Ève.

– Jed ?

J'avais oublié que cette meuf était à moitié médium.

– Non ! ai-je dit rapidement.

Enfin, si un peu, mais surtout à propos de…

– Derek, ai-je lâché en soupirant. On est en couple, maintenant. Je croyais être enfin prête à coucher avec lui, mais…

– Tu as des regrets ? s'est enquise Ève.

– Non, je… je ne suis pas allée jusqu'au bout.

Ève m'a lancé un regard inquisiteur. Pourquoi ?

– Je ne me sentais pas en phase. J'ignore si c'est le bon. Je sais que c'est stupide, mais…

– Non, Reyna, c'est loin d'être stupide, a affirmé Ève avec une empathie surprenante. Cette décision est aussi importante que celle de devenir vampire ou pas. Tu dois être sûre et certaine que tu es prête, que tu fais le bon choix.

J'ai hoché la tête, me sentant mieux.

– Ouais, totalement…

– Parfois, c'est mieux d'attendre son compagnon, a dit Ève qui avait l'air de songer à son propre passé. Même si ça peut prendre des centaines d'années.

– Attends, quoi ? ai-je demandé, bouche bée.

Ève m'a lancé un regard mutin.

– Je rigole.

Alors, maintenant, elle avait le sens de l'humour ? Qu'est-ce qui se passait ? C'était sûrement encore un coup du déséquilibre dans la Frénésie.

Ou peut-être que Snow faisait d'Ève une personne meilleure. Et en parlant de ce petit diablotin… Snow a débarqué dans le gymnase, essoufflée et pliée en deux.

Ève et moi nous sommes aussitôt redressées.

– Snow, qu'y a-t-il ? a demandé Ève en se précipitant vers sa fille.

– Frénésie ! s'est-elle exclamée en agitant les bras dans tous les sens.

Snow avait localisé une nouvelle créature Frénétique.

Ce qui signifiait qu'on allait au-devant d'autres problèmes.

***

Snow nous a guidées vers le motel le plus pourri que j'avais jamais vu de ma vie. Le *Lumen Inn.* On aurait dit un repère de drogués au crack et c'était sans doute le cas. Chaque rideau était fermé et le réceptionniste nous a aussitôt demandé si on était flics.

Ève a utilisé un peu de sa… persuasion, si bien qu'il nous a tendu avec joie les clés de la chambre où Snow avait senti qu'il se passait quelque chose.

– Attends dans la voiture, a intimé Ève à sa fille avant qu'on en ouvre la porte.

Snow a lancé un regard indigné à sa mère avant de partir en traînant les pieds.

– MAINTENANT, a insisté Ève. C'est bien que tu nous aies menées jusqu'ici, mais si tu veux faire partie de ce groupe, il faut apprendre à obéir. Ce sont les règles.

Elle était très calme et claire. Encore un aspect d'Ève que je découvrais.

Snow a hoché la tête et est retournée dans la voiture en la verrouillant une fois qu'elle a été installée.

Ève m'a lancé un regard en enfonçant la clé dans la porte.

– Prépare-toi à n'importe quoi.

J'ai hoché la tête.

– C'est bon.

Mais il aurait été impossible de me préparer à ce que j'allais découvrir dans cette pièce.

Parce que, quand Ève a tourné la clé dans la serrure et poussé la porte, une scène digne d'un film d'horreur nous a accueillies.

J'ai hurlé comme jamais.

Les murs étaient couverts de sang. Il y avait des morceaux de corps absolument *partout.* Deux filles avec des ailes de papillon déchirées dans le dos avaient été démembrées et gisaient dans un bain de sang.

Et, nu au milieu de cette scène inimaginable… il y avait Jed.

ÉPISODE 25

JUSTICIER

Jed

Raphael a fait claquer ses griffes sur la table en métal froid et l'a lacérée, me faisant grincer des dents. Mes mains et mes pieds étaient menottés et j'étais toujours couvert de sang.

– Qu'est-ce qui s'est passé, Jed, putain ? Parce qu'après avoir été retrouvé dans une chambre d'hôtel miteux dont tu as repeint les murs à l'aide de viscères de fée, j'estime que tu me dois une putain d'explication…

– Je… je me souviens pas, ai-je balbutié, sincère.

La dernière chose que j'avais en mémoire, c'était une des filles me forçant à sniffer de la poussière de fée. Quand je me suis réveillée, Ève et Reyna étaient debout au-dessus de moi et les filles avaient été dépecées.

– Essaie encore ! a grogné Raphael. C'est très sérieux, Jed. On parle de meurtres, là !

– C'était moi leur victime, pas le contraire ! me suis-je défendu, essayant désespérément de reconstituer le puzzle. Elles m'ont attiré là-bas contre mon gré !

– Tu penses que je vais croire que deux meufs magnifiques t'ont forcé à les accompagner dans une chambre de motel ? a-t-il demandé, sceptique.

– Ce n'est pas de cette partie-là que je parle, c'est d'après, elles ne voulaient pas me laisser partir. Elles me forçaient à prendre et reprendre de la poussière de fée et…

– Ouais, tiens, parlons de combien de drogue et d'alcool il y a dans ton sang, a raillé Raphael. Mon Delta s'est retourné la tête et maintenant il est le suspect numéro un dans une affaire de double homicide. Comment tu t'es retrouvé dans une situation pareille ?

– J'ai… j'ai eu des problèmes personnels, ai-je répondu, en pensant à Reyna.

– Et tu as décidé que deux fées devaient payer pour ça ? m'a interrogé Raphael en se penchant très près de moi et en grognant.

– Non ! Bien sûr que non ! ai-je crié. Jamais je ne ferais ça à qui que ce soit ! C'est une mise en scène !

– Qui pourrait bien vouloir te faire accuser ? a demandé Raphael en faisant les cent pas. Qui voudrait que tu aies des ennuis ? Et qui gagnerait à faire du mal à ces pauvres filles ?

– Je… je sais pas, ai-je répondu, abattu.

J'étais paumé.

– Eh bien, tu ferais mieux de trouver une réponse, a grondé Raphael. Ou c'est toi qui porteras le chapeau.

Reyna

Impossible.

Je ne pouvais pas y croire.

Jed n'avait rien à voir avec quelque chose d'aussi violent et gore. Je le connaissais mieux que quiconque. Il n'avait pas ce genre de cruauté en lui. Son cœur était bon et je refusais de penser qu'il pouvait être responsable de la mort de ces fées.

Mais pourquoi était-il en leur compagnie ?

J'étais malade rien qu'à l'idée qu'il les avait suivies volontairement jusqu'à leur chambre d'hôtel... pour faire Dieu sait quoi.

Jed n'était pas vierge comme moi, je le savais, mais j'étais toujours triste à l'idée qu'il couche avec quelqu'un, même si c'était irrationnel. J'aurais tant aimé que Raphael me laisse lui parler, mais il avait insisté pour conduire l'interrogatoire seul. Il n'était pas vraiment connu pour son sang-froid et il avait semblé furieux en apprenant ce qui s'était passé.

Jed allait devoir répondre à des questions très sérieuses, mais comment pouvait-il réfléchir quand il était enfermé en tête à tête avec Raphael ?

Il fallait que je trouve moi-même ces réponses.

C'était pourquoi j'étais de retour au *Lumen Inn*. Mon estomac se retournait, rien qu'à l'idée d'entrer à nouveau dans cette chambre pourrie, mais il fallait que je le fasse... pour Jed.

En entrant, j'ai étudié le carnage sanglant et j'ai essayé de me retenir de vomir. Les corps avaient été emmenés, mais des restes de ce qui s'était passé étaient partout.

Sous ma chaussure, j'ai senti quelque chose de gluant et quand j'ai regardé, j'ai découvert avec horreur que c'était une oreille pointue. Au bord de la nausée, je l'ai envoyée valser du pied le plus loin possible de moi.

Les murs étaient recouverts de traces de griffures, sans doute celles d'un loup-garou, mais impossible d'en être sûre. Elles étaient énormes. Les choses ne sentaient pas bon pour Jed, dans la mesure où il était le seul loup présent dans la pièce, pourtant ça ne faisait pas sens.

Je me suis agenouillée près du lit et j'ai jeté un œil en dessous. Une épaisse couche de poussière couvrait le sol. Comme si la chambre n'avait pas été nettoyée depuis des lustres.

Mais quelque chose d'autre se trouvait par terre…
Un morceau de fourrure.
Noueuse et galeuse.
Noire et grise.
Ce n'était pas celle de Jed.

***

Ève : Kimbringe, c'est encore moi.
Ève : Je sais que tu as des trucs de Divinité à faire…
Ève : Mais tu pourrais répondre au moins ?
Ève : On aurait VRAIMENT besoin de ton aide.
Ève : Lumen est dans un chaos absolu.
Ève : On ne sait même plus à qui se fier.
Ève : Ton omniscience pourrait nous être très utile.
Ève : Et puis…
Ève : J'aurais bien besoin de tes conseils pour Snow.
Ève : Je suis une mauvaise mère, Kimbringe.
Ève : C'est bien plus dur que ce que je pensais.
Ève : Reviens vite, OK ?

Ève

Killian avait du mal à suivre ma cadence alors que nous parcourions les ruelles les plus sombres de Lumen.

– On va où, déjà ? a-t-il demandé, inquiet, en jetant un œil aux murs décrépis.

– Chez mon ami Ruben, ai-je répondu sans ralentir. C'est mon fournisseur de R21.

– On va voir ton dealer ? s'est exclamé Killian qui me rattrapait enfin.

Son ton était teinté de jugement.

– Ne sois pas si coincé, Killian, ai-je répondu en levant les yeux au ciel. Ruben est totalement inoffensif. C'est aussi le fournisseur numéro 1 de poudre de fée de tout Lumen. Si quelqu'un sait quelque chose sur ces filles, ce sera lui.

– OK, bon, au moins, on a une piste. Parce qu'il est impossible que Jed soit coupable. N'est-ce pas ?

Killian avait l'air de vouloir se convaincre lui-même. En vérité, on ne pouvait pas éliminer Jed de la liste des suspects, pas encore. Mais quelque chose clochait, c'était certain. Si on ne parvenait pas à en apprendre plus au sujet de ces fées, alors peut-être qu'on pourrait trouver qui leur voulait du mal.

Ce n'était pas une attaque due au hasard : elles avaient été ciblées.

Et si c'était un complot contre Jed, alors on devait agir rapidement. Raphael ne laisserait jamais une telle chose passer, pas quand cela concernait ses loups du Millénaire. Il fallait que nous sauvions Jed.

– Quand on va arriver au marché noir, reste détendu. Ne regarde personne fixement. Ne touche rien que tu ne comptes pas acheter. Et n'énerve surtout par les loups noirs.

– C'est qui ça, encore ? a-t-il demandé avec nervosité.

– Ce sont ceux qui maintiennent l'ordre sur le marché. Tu les reconnaîtras à leurs masques et leurs capes noires. Ils patrouillent constamment dans l'endroit, ils surveillent que personne ne dépasse les bornes.

– Raphael sait que tu fréquentes cet endroit ? s'est enquis Killian en haussant les sourcils.

– Non, et si tu le lui dis, je te botterai le cul. Je me fiche bien que tu sois mon pupille.

– OK, OK ! a-t-il concédé en levant les mains en signe de reddition. Ton secret sera le mien.

Nous avons atteint un mur en brique, au fond d'une cour. J'ai placé ma main dessus et il s'est mis à onduler comme une flaque d'eau.

– Dissimulé par une formule magique ? Impressionnant, a affirmé Killian.

Je lui ai fait signe de m'emboîter le pas.

On a émergé de l'autre côté et sa bouche s'est ouverte toute seule. Beaucoup de créatures surnaturelles et magiques se bousculaient dans les travées immenses, entre les stands où ils pouvaient dénicher tout ce dont ils rêvaient.

Lumen était une ville de loups-garous, mais le marché noir attirait toutes sortes de gens.

Les loups noirs nous ont dévisagés, suspicieux, quand nous nous sommes mêlés à la foule.

– On va les avoir aux basques, alors ne fais rien d'idiot. On n'est ni l'un ni l'autre loups-garous, ils ne vont pas nous lâcher.

– Et Ruben, il est de quelle race, exactement ? a demandé Killian alors que nous tracions notre chemin.

– C'est un vampyre. Pas comme toi et moi. Il a été transformé.

On a emprunté plusieurs couloirs jusqu'à atteindre une hutte couverte de rideaux rouge foncé. C'était le « palais de sang » de Ruben, comme il aimait l'appeler.

Cela me faisait plaisir de le voir après tant de temps car, parfois, être entourée par tant de loups-garous était suffocant. Ruben au moins, était proche des miens.

J'ai tiré le rideau et je suis entrée. Quand j'ai vu le corps de Ruben étendu sur le sol, mon sang s'est figé. Ses jambes et ses bras avaient été arrachés de son corps et jetés à l'autre bout de la pièce. Son torse et sa tête étaient intacts, sa dernière expression figée pour l'éternité sur son visage.

De l'horreur pure.

– Putain de merde ! a dit Killian en scannant la pièce. C'est ignoble.

Il m'a fallu un moment pour me ressaisir. Malgré sa profession discutable, Ruben avait été un ami. Il ne méritait pas pareil sort.

Killian m'a dévisagée, défait.

– Notre seule piste s'envole.

– Et ça n'innocente même pas Jed, ai-je ajouté, me sentant envahie par le même accablement. Il est mort depuis des heures, peut-être même une journée entière.

D'abord les fées et maintenant un vampyre.

Quelqu'un ou quelque chose prenait pour cible les créatures surnaturelles, pas le contraire. Des créatures qui auraient certes pu devenir des menaces potentielles, mais qui n'avaient encore rien fait.

– Quelqu'un a l'air d'avoir pris les choses en main, ai-je affirmé en regardant une dernière fois le corps meurtri de Ruben. Un justicier.

– Un justicier ? Tu penses que quelqu'un assassine au nom de la… justice ? m'a demandé Killian.

– En effet. Et je pense que cette personne est proche de nous.

ÉPISODE 26

NULLE PART OÙ ALLER

Reyna

Qaund la sonnerie a retenti, signalant la fin des cours, j'ai attrapé mon sac et me suis dirigée vers la porte. Plusieurs garçons à moitié transformés ont bondi dans le couloir, manquant me renverser. Même si je fréquentais ce lycée de loups-garous depuis un moment, je ne parvenais toujours pas à m'y faire.

J'ai jeté un regard par-dessus mon épaule pour m'assurer que la voie était libre. J'allais sécher la réunion du comité du carnaval aujourd'hui. Peu m'importait que ma présence soit obligatoire. Il fallait que je me tire de là.

Je n'arrivais à me concentrer sur rien aujourd'hui. Je ne pensais qu'à Jed et au fait qu'il était toujours retenu prisonnier pour un crime que j'étais sûre qu'il n'avait pas commis. J'avais tenté de parler à Raphael de l'indice que j'avais trouvé, mais il avait jugé qu'un vieux mouton de fourrure sous le lit d'une chambre qui n'avait pas été nettoyée depuis des mois ne valait pas grand-chose.

Le pire, dans tout cela, c'était que je n'avais toujours pas pu voir Jed ou lui parler. J'avais besoin de savoir qu'il allait bien.

J'étais presque dehors quand…

– Reyna !

La voix de Derek a résonné dans le couloir, il courait vers moi.

J'ai soupiré. Depuis l'autre soir, quand on avait failli coucher ensemble, il avait changé. Il m'écrivait sans cesse. Il voulait tout le temps savoir où j'étais. Il était genre… super collant.

Avec tout ce qui se passait concernant Jed, j'avais besoin d'espace pour mieux digérer mes émotions.

Derek m'a rattrapée et a glissé ses doigts entre les miens.

– Tu vas où, comme ça ? On a la réunion du comité du carnaval.

– Je… je ne peux pas m'infliger ça aujourd'hui. J'ai besoin de m'éclaircir l'esprit.

– Oh, pas de souci. On peut sécher ensemble et traîner. Tu sais, juste tous les deux, a-t-il répondu avec enthousiasme.

Je savais qu'il voulait terminer ce qu'on avait initié, mais ce n'était vraiment pas le bon moment.

– Bon, Derek… ai-je commencé en retirant ma main de la sienne. J'ai beaucoup de choses à gérer, là, et je suis épuisée émotionnellement. J'ai besoin de passer du temps seule et…

– Tu veux être seule ? a-t-il demandé comme si je venais de le gifler.

– Ce n'est pas contre toi, ai-je répondu en essayant de le caresser dans le sens du poil. C'est juste que je m'inquiète…

– Pour Jed, ouais, c'est bien ce que je me disais.

Il semblait très énervé.

– Pourquoi tu te mets en colère ? C'est l'un de mes meilleurs amis et il a de gros ennuis.

– Et tu n'as pas considéré qu'il pourrait être coupable de ce dont on l'accuse ? a dit Derek en perdant son calme.

Maintenant, j'étais vraiment remontée.

– Tu plaisantes ? Ce n'est pas un monstre !

– Peut-être pas, mais il y en a partout dans les rues et tu sembles toujours te retrouver juste à côté d'eux, a-t-il explosé. Ce groupe avec lequel tu traînes est mauvais pour toi, Reyna.

Je comprenais mieux. Cela dépassait ma relation avec Jed.

– Il faut bien que quelqu'un protège Lumen !

– Et toi, qui va te protéger ? a-t-il répliqué sur le même ton. Pas moi si tu continues à me repousser !

– Et qui t'a dit que j'avais besoin de ta protection ? ai-je rétorqué avec colère. Je peux très bien me débrouiller toute seule !

Les gens qui passaient à côté de nous s'arrêtaient pour assister à notre affrontement.

– Très bien, ne m'écoute pas ! Continue à risquer ta vie stupidement et moi, je vais poursuivre la mienne de mon côté !

– Super ! Vas-y, ai-je hurlé.

Derek est parti en trombe alors que des larmes roulaient sur mes joues.

Anya est arrivée derrière moi et a placé son bras autour de mon épaule.

– Déso, sœurette, j'ai vu toute la scène, tu vas comment ?

J'ai hoché la tête en m'appuyant contre elle. J'avais envie de revenir sur les propos que j'avais tenus.

– Tout part en couille, ai-je gémi en pleurant.

Je savais que Derek essayait seulement de me protéger, mais il se montrait trop possessif. Et maintenant, je n'étais même plus sûre qu'on soit toujours ensemble.

– Tu es super forte, Reyna. Ne laisse aucun garçon te persuader du contraire, a dit doucement ma sœur.

On était peut-être très différentes, mais j'étais touchée qu'elle soit là pour moi, même si on ne s'entendait pas toujours très bien. Et elle avait raison. Je ne pouvais pas me laisser dominer par mes sentiments. Il fallait que je me montre plus forte que jamais…

Pour le bien de Jed.

Jed

Seul dans ma cellule, j'étais assis à me demander comment j'avais atterri dans cet endroit. Un instant, je combattais les méchants, et l'autre, je me retrouvais à leur place. J'étais complètement isolé de mes proches et j'ignorais même si quelqu'un au moins, à l'extérieur, avait pris ma défense.

La seule famille qu'il me restait, c'était ma sœur, Juniper. Elle était la maître-espionne des loups du Millénaire. S'il y avait une personne qui pouvait découvrir qui me voulait du mal, c'était bien elle. Mais elle était en mission d'infiltration avec Gabriel, pour traquer les Chasseurs Divins.

Je n'avais personne sur qui me reposer…

J'étais totalement seul.

Raphael m'avait laissé pour présider un conseil regroupant le reste des loups du Millénaire qui déciderait de mon sort. En tant qu'Alpha du Millénaire, il subissait une pression intense pour gérer cette situation avec précision et équité.

Chaque Alpha de chaque meute l'observait. À l'heure actuelle, ils avaient tous dû apprendre que son Delta était accusé de meurtre.

Mais, malgré ma situation inconfortable, c'était Reyna qui me préoccupait.

Que pensait-elle de moi ?

Croyait-elle toutes les rumeurs ?

Songeait-elle que j'étais capable de pareille horreur ?

Je savais que je n'avais rien à me reprocher, mais la dernière fois où Reyna m'avait vu, j'étais littéralement couvert de sang. L'expression sur son visage m'avait brisé le cœur. J'aurais simplement voulu lui parler pour arranger les choses.

Mais il fallait que je me concentre sur moi-même.

Raphael serait de retour bientôt avec un verdict, et je savais que ma punition ne serait pas légère. Un loup du Millénaire reconnu coupable de meurtre, c'était une affaire lourde de conséquences. Pas de passe-droit pour nous : ce genre de crime était passible de la peine de mort.

Ève

Tout en faisant les cent pas dans la bibliothèque de la Maison de la Meute, j'essayais de réfléchir à qui pouvait bien être ce justicier. Cette personne semblait avoir connaissance de nos mouvements et de ce qui nous liait, ce qui m'amenait à croire que l'ennemi venait de l'intérieur.

Pouvait-ce vraiment être Jed ?

Non seulement il était connecté à nous mais il avait été pris la main dans le sac sur la scène de crime. Pourtant, trop de choses ne collaient pas dans son profil. Il n'avait aucun mobile.

Peut-être, cependant, était-ce l'un des autres loups du Millénaire ? L'un d'entre eux aurait pu avoir un compte à régler avec Jed et vouloir se débarrasser de lui. Ils auraient pu obtenir tous les détails sur nos opérations grâce à Raphael.

Mais j'allais sans doute chercher trop loin.

Et s'il s'agissait de Raphael lui-même ?

Cette pensée m'a fait frissonner. Non seulement je n'avais aucune idée d'où il était à l'heure du double meurtre mais je savais qu'il était prompt à la violence.

Et si Raphael avait pété un plomb parce que Snow avait failli être blessée ?

Et s'il avait appris pour Ruben et mes visites au marché noir et avait décidé d'y mettre fin, pour de bon ?

Il fallait que j'arrête de penser ce genre de choses.

C'était quoi, ces idées ? On parlait de mon compagnon, là…

Oui, mais on ne pouvait éliminer personne.

Ma partie solo de « Qui est-ce » ? a soudain été interrompue par un cri strident.

Snow !

J'ai couru hors de la bibliothèque si vite que mes pieds lévitaient pratiquement. J'ai atteint la chambre de Snow pour en trouver la porte ouverte. Pas juste ouverte mais arrachée de ses gonds. Ma fille était recroquevillée dans un coin de la pièce, enveloppée par une sorte de champ kinétique, et tremblait de tout son corps.

En entrant, j'ai remarqué les énormes traces de griffes partout, y compris sur le plafond. La pièce avait été saccagée. Un trou béant se trouvait à la place de la fenêtre. Ce qui était entré par là était manifestement d'une puissance considérable.

Je me suis agenouillée et Snow a baissé son bouclier. Elle avait l'air épuisée, vidée de son énergie par sa tentative de se protéger de son assaillant. Elle a fermé les yeux et je l'ai prise dans mes bras.

Qui que soit ce justicier, il considérait Snow comme une menace.

Il fallait que je la fasse sortir d'ici.

J'ai commencé à courir dans le couloir, mais je me suis arrêtée net quand j'ai entendu le rugissement le plus féroce que j'avais jamais entendu de ma vie.

Le monstre était toujours dans la Maison de la Meute.

J'ai utilisé mon pouvoir de transparence pour nous rendre invisibles, Snow et moi, et j'ai continué à fuir.

J'avais conscience que cela ne masquait pas mon odeur.

Soudain, un fracas a retenti derrière moi et des pas lourds ont martelé le sol, se précipitant à mes trousses.

AAAAAAAAOUUUUW !

Je ne me suis pas retournée, j'ai continué à avancer, m'agrippant à ma fille le plus fort possible. Je bondissais presque, essayant de mettre le maximum de distance entre ce qui me poursuivait et nous. Cette chose était énorme, sans aucun doute dopée par la Frénésie, et elle nous pourchassait.

Il fallait que j'arrive dans le bureau de Raphael, c'était l'endroit le plus sûr de toute la maison puisqu'il avait été enchanté par différents sorts et l'arsenal d'armes de mon compagnon s'y trouvait.

C'était juste là, au…

BOOOOOOOOOOOOOOOOOUM !

Le mur devant moi s'est ouvert en deux comme s'il venait d'être frappé par une boule de démolition, ça m'a tellement effrayée que j'en ai oublié de maintenir notre transparence.

S'insinuant à travers le trou dans le mur se dressait le plus énorme, le plus affreux et le plus dégoûtant de tous les loups-garous que j'avais jamais vus.

Il a ouvert les mâchoires pour pousser un hurlement.

Nous étions sa proie et il nous avait coincées.

Nous n'avions nulle part où courir…

ÉPISODE 27

LE MONSTRE À L'INTÉRIEUR

Reyna

Ma dispute avec Derek après les cours m'avait mise en retard pour mon entraînement avec Ève. J'ai couru à grandes foulées vers la Maison de la Meute, même si j'étais loin d'être pressée de me faire sermonner. Je m'étais assez fait crier dessus pour aujourd'hui.

En avançant vers la porte principale de la Maison de la Meute, j'ai réalisé que Jed était là, quelque part, retenu dans une cellule. Et Raphael, lui, était absent puisqu'il présidait le conseil des loups du Millénaire dans un endroit tenu secret. Peut-être que je pourrais me glisser dans les geôles pour discuter avec Jed ? Au moins, je pourrais obtenir mes réponses.

J'ai poussé les lourdes portes de la Maison de la Meute et j'ai immédiatement remarqué à quel point tout semblait mort sans les loups du Millénaire. J'allais hériter d'une immense fortune très bientôt, mais hors de question d'acheter une baraque aussi énorme. Je me sentirais si seule dans un endroit aussi grand. Je me demandais comment Ève le supportait.

En parlant d'elle… Qu'est-ce qu'elle fichait ? D'habitude, elle m'attendait dans l'entrée.

J'ai commencé à avancer vers le gymnase, mais je me suis arrêtée net quand j'ai remarqué quelque chose d'alarmant sur la moquette.

Un trainée de sang, en fait.

En avançant avec précaution dans le couloir, j'ai bien cru qu'une tornade avait dévasté la Maison de la Meute.

Il y avait du bois et des éclats de verre partout. *Qu'est-ce qui s'est passé, putain ?*

J'ai commencé à accélérer, espérant que ce qui avait causé ça n'était plus dans le coin. Les traces de sang étaient de plus en plus importantes et mon cœur s'est mis à battre la chamade. J'ai entendu un grognement, non loin, et me suis appuyée contre un mur, me préparant à être attaquée. Le son s'est transformé en halètements et j'ai osé jeter un œil dans sa direction.

Ève était appuyée contre la porte du bureau de Raphael, assise dans une mare de sang.

– Ève ! ai-je hurlé en courant vers elle. Qu'est-ce qui s'est passé ?

Ses blessures semblaient graves, elle avait perdu beaucoup de sang dans son duel avec ce qui avait causé tous ces dégâts.

– Il… il a… Snow, a-t-elle dit d'une voix rauque.

J'ai essayé de faire pression sur la plaie, mais cela n'a fait qu'accélérer l'hémorragie.

– Putain, Ève, il t'a pas ratée.

– Ne t'en fais pas pour moi ! Je vais guérir ! s'est-elle exclamée, la voix sifflante. Aide Snow avant qu'il ne soit trop tard !

Ève a ôté sa bague pour la placer dans ma paume.

– Tu peux le faire, Reyna, a-t-elle affirmé, les yeux papillonnants. Souviens-toi… de ce que… je t'ai… appris…

Je savais que je n'avais pas un instant à perdre. Je me suis concentrée pour matérialiser la faux dans ma main. Elle était presque trop lourde pour moi, mais cette créature était énorme. Il me fallait une arme à la hauteur.

– Quelle direction ? ai-je demandé à Ève dont les paupières s'étaient closes.

AOOOOOOUUUUUUUH !

J'avais ma réponse.

– Aide-la, Reyna. Sauve mon bébé, a dit Ève dont les dernières forces lui permettaient à peine de lever le menton.

– Promis, ai-je répondu en emportant la faux avec moi dans le couloir.

Je ne te laisserai pas tomber.

J'ai suivi la piste du monstre… ou plutôt sa *puanteur*. Ça m'a menée à la salle de bal. La faux émettait un bruit métallique à chacune des marches que je descendais.

– Snow ! Où es-tu ?

Un instant plus tard, j'étais fixée…

Au centre de la salle de bal se trouvait le loup-garou le plus massif que j'avais jamais vu. Une bête énorme aux veines turgescentes avec des crocs aiguisés comme des rasoirs. Sa patte démesurée était posée sur la poitrine de Snow. Il allait l'écraser.

J'ai hurlé.

– ARRÊTE-TOI !

Le monstre a relevé la tête et a rivé son regard au mien. Dans ses yeux, j'ai vu qu'il me reconnaissait.

Il sait qui je suis.

Des larmes me sont montées et mes mains se sont mises à trembler.

– Jed ? Est-ce que c'est toi ?

***

Jed

BOUM !

J'ignorais ce qui se passait au-dessus de ma tête, dans la Maison de la Meute, mais on aurait dit que le ciel s'écroulait. Le plafond de ma cellule tremblait. Quelque chose martelait le sol de la pièce. Le rugissement le plus féroce qui soit a fait vibrer les murs.

Si la Maison de la Meute était attaquée, il fallait que je la défende, mais avec ces putains de chaînes, je ne pouvais pas faire grand-chose.

BOUM !

Un énorme débris est tombé, manquant presque m'atteindre au niveau de la tête.

C'était insensé. Si je ne parvenais pas à sortir de là, cette geôle serait ma tombe. J'ai réussi à saisir un morceau des gravats et à l'utiliser pour frapper mes menottes, ne réussissant qu'à les détendre. J'ai grogné de frustration aussi fort que possible. C'était désespéré. Je pouvais aussi bien…

Mon nez s'est soudain retroussé quand une odeur a envahi ma cellule.

J'aurais reconnu cette fragrance entre mille… C'était le parfum le plus merveilleux et satisfaisant que je connaissais.

Celui de Reyna.

Mais si elle était ici… cela voulait dire qu'elle affrontait ce qui se trouvait là-haut.

Il fallait que je me débarrasse de ces chaînes. *Si quoi que ce soit lui arrive…*

J'ai rugi de toutes mes forces et me suis transformé autant que mes entraves me le permettaient, parvenant à les arracher du mur. Quelque chose a comme pris possession de mon corps – peut-être était-ce la Frénésie –, je me sentais plus puissant que jamais. Les chaînes étaient toujours accrochées à mes poignets, mais j'ai pu me projeter de toutes mes forces contre la porte en métal qui s'est pliée avant que je réussisse à la dégonder.

J'ai couru dans les escaliers aussi vite que possible, espérant que je n'arriverais pas trop tard. L'odeur de Reyna m'a guidée jusqu'à la salle de bal où… un énorme loup dépenaillé s'élançait comme un taureau qui charge vers une Snow inconsciente. Reyna, de son côté, accourait vers le monstre, une faux dans les mains.

– REEEEYNA !

J'ai hurlé en bondissant pour me transformer complètement et rentrer dans l'énorme loup avant elle. La force de la créature m'a frappé comme un train lancé à pleine vitesse et j'ai atterri dans un tas de vêtements préparés pour le bal de Yule avant de m'écraser contre une vitrine en verre. Une dizaine d'éclats de verre se sont fichés dans ma fourrure, m'empêchant de bouger.

Le monstre était juste au-dessus de moi.

Reyna

J'étais si soulagée que Jed ne soit pas le monstre meurtrier, mais je n'ai eu qu'une demi-seconde pour en profiter car mon meilleur ami s'apprêtait à devenir sa prochaine victime. Je me suis agrippée à la faux d'Ève et j'ai chargé le monstre, mais à mi-chemin, j'ai réalisé que jamais je n'arriverais à temps.

Les mâchoires ouvertes du monstre allaient s'abattre sur le loup de Jed quand…

Les lumières ont commencé à trembler et l'air est devenu humide. Un cri de banshee a retenti, Snow s'est redressée, elle s'est pris la tête dans les mains comme si elle avait la pire migraine du monde.

Le gigantesque loup s'est tourné et a plissé les yeux vers la petite fille, semblant se souvenir de qui était sa cible principale.

Chaque objet de la pièce qui n'avait pas été brisé s'est mis à flotter au-dessus du sol. Comme une télékinésie généralisée. L'atmosphère est devenue si lourde que c'était comme si je devais nager pour me déplacer.

Le monstre semblait se mouvoir au ralenti alors qu'il plongeait vers Snow qui criait toujours. Ses pouvoirs explosaient dans tous les sens. Elle n'avait plus aucun contrôle sur eux.

J'ai plongé alors qu'un piano à queue volait droit sur moi. Il fallait que j'atteigne Snow avant le monstre, mais elle rendait difficile chacun de mes mouvements.

J'ai relevé la tête et vu Ève se traîner, en haut des escaliers. L'horreur pure formait un masque sur son visage quand elle a vu sa fille léviter, ses pouvoirs déferlant d'elle dans un chaos total.

– ÈVE ! Reprends-toi ! ai-je crié, au pied des escaliers. Il faut que tu l'occupes !

Elle s'est forcée à quitter Snow des yeux, juste le temps de hocher la tête pour me signifier qu'elle avait bien entendu, puis elle a focalisé son énergie télékinétique sur le monstre et lui a fait perdre l'équilibre. Cela m'a donné l'opportunité de balancer ma faux et de l'enfoncer dans le côté de la créature, faisant jaillir une cascade de sang. Le monstre a hurlé de rage et s'est précipité dans les escaliers.

C'était l'occasion.

Je me suis jetée en arrière et j'ai levé la faux dans les airs, éventrant le monstre dans un déluge d'hémoglobine.

Le monstre a gémi en s'effondrant et roulant dans les marches.

Snow s'est affaissée presque au même moment, sentant que la menace était partie et que l'énergie de la pièce était revenue à la normale.

Ève s'est précipitée vers elle et l'a prise dans ses bras.

– Oh, mon Dieu, que t'arrive-t-il ?

Sa démonstration de puissance erratique était clairement inquiétante, mais là, maintenant, c'était Jed qui me préoccupait le plus.

– Ne bouge pas ! ai-je dit alors que son loup se débattait. Tu ne peux pas te transformer avant qu'on ait retiré les éclats, cela pourrait endommager tes organes.

En me retournant et en observant le monstre défait, j'ai remarqué que je l'avais frappé directement au cœur. Il ne s'en remettrait pas, ni sous forme de loup ni sous forme humaine. La créature luttait pour respirer, son corps se transformait.

– Non… ai-je gémi en me couvrant la bouche quand j'ai reconnu le corps nu qui reprenait forme sous mes yeux.

Derek.

Il a toussé du sang et lutté pour articuler ses derniers mots, ses yeux plongés dans les miens.

– Ils… sont… dangereux… Je… voulais juste te protéger, Reyna.

Et son corps a lâché.

Je n'ai pas pu empêcher mes larmes de couler.

J'ignorais si elles allaient s'arrêter un jour.

ÉPISODE 28

DÉVASTATION

Reyna

J'ai posé mon mug de café près de la douzaine d'autres qui stagnaient déjà dans ma chambre que je n'avais pas quittée depuis des jours.

Dehors, il n'y avait rien d'autre que déception et dévastation, alors à quoi bon ? Rien ne me ferait me sentir mieux. Personne ne pouvait réparer ça. J'avais *tué* mon copain. Mon copain qui s'était révélé être un tueur.

Tout était si pourri.

J'avais passé ces derniers jours à essayer de trouver un sens à tout cela.

Les pouvoirs de Derek avaient été amplifiés par le déséquilibre de la Frénésie et il avait décidé qu'il devait s'en prendre lui-même aux créatures surnaturelles qu'il voyait comme des menaces avant que celles-ci ne puissent faire de mal à qui que ce soit.

Mais c'était Derek, la véritable menace. Son sens du bien et du mal était tordu.

Snow était innocente. Bien sûr, elle avait des pouvoirs inimaginables qui me fichaient une frousse de tous les diables, mais elle n'était pas un chien enragé qu'on devait se résoudre à euthanasier.

Non, ça, c'était Derek. Et j'avais dû m'en charger.

Ce qui était encore plus impensable, c'était qu'il avait tué en mon nom. Pour me protéger, moi. D'une certaine manière, tout était ma faute. J'aurais aimé m'en apercevoir plus tôt. Peut-être que j'aurais pu lui venir en aide. Derek n'avait pas besoin de mourir. J'aurais pu le ramener à la raison. Lui trouver de l'aide.

J'aurais pu…

Mais c'était trop tard.

Il n'était plus là.

Si je ne quittais plus jamais cette pièce, je ne ferais plus de mal à personne.

On a frappé doucement à ma porte et ma sœur a passé la tête à l'intérieur.

– Reyna ? Je peux te parler ?

– Je ne suis pas vraiment d'humeur, ai-je répondu en me détournant.

Elle est quand même entrée et s'est assise sur le lit pendant que je remontais les couvertures jusque sous mon menton.

– Tu ne peux pas rester enfermée pour toujours, sœurette, a-t-elle déclaré en me regardant, l'air inquiète. Je sais que le monde peut sembler cruel, mais te cacher ne va rien résoudre.

Depuis quand Anya était devenue la plus sage de nous deux ?

– Tu ne peux pas comprendre.

Je n'avais pas pleuré depuis que j'avais tué Derek. C'était comme si un trou noir s'était formé en moi et avalait systématiquement toutes mes émotions, ne laissant qu'une coquille vide derrière lui.

– Tu as raison, c'est vrai. Mais ce que je sais, c'est que dans cette situation pourrie dont tout le monde est sorti perdant, toi, tu as fait ce que tu avais à faire, tu as sauvé Snow et Jed. Sans toi, ils ne seraient probablement plus parmi nous.

Je n'avais pas revu Jed ni ne lui avais parlé depuis l'affrontement. Raphael l'avait innocenté quand il était apparu évident que Derek était le tueur et qu'il avait essayé de lui faire porter le chapeau. Derek avait toujours détesté ma proximité avec Jed, et parce que j'avais entretenu les deux relations, j'avais mis Jed en danger. C'était mieux pour tout le monde si je restais à l'écart.

Anya a dégagé mes cheveux gras de mon visage avant de soupirer.

– J'aimerais que les choses soient différentes, Rey, mais il faut qu'on trouve un moyen d'avancer. Comme quand maman est morte.

Je me suis détournée et j'ai plongé la tête dans mon oreiller.

Avancer… Dans quelle direction ?

– Le carnaval est ce soir, tu sais, a dit Anya en essayant de paraître enthousiaste. Tu voudrais bien m'y accompagner ?

Je n'ai rien répondu. Le carnaval me faisait encore plus penser à Derek. C'était à cause de cet événement qu'on s'était rencontrés.

– Tu as bossé tellement dur. Ce serait dommage que tu loupes ça ! a affirmé Anya en me caressant le dos.

– Non merci, je suis très bien ici.

Après un nouveau soupir, ma sœur s'est levée, emportant avec elle quelques tasses vides. Avant de refermer la porte, elle a dit :

– Tu sais que je suis là, si tu as besoin de moi,

J'avais besoin d'être seule.

Ève

J'observais Raphael sans qu'il s'en doute, mon odeur dissimulée par une petite concoction que j'avais dégotée au Marché Noir. L'eau coulait le long de ses pectoraux et de ses abdos ciselés. Il était sous la douche. Il était semblable à l'Adonis qu'il avait toujours été.

Cela faisait un moment que nous ne nous étions pas détendus ensemble, et j'étais d'humeur joueuse, ce qui était assez rare pour être noté. J'ai fait tomber mes vêtements sur le sol et j'ai poussé ma transparence au maximum, me glissant dans la salle de bains.

Son énorme sexe pendait entre ses jambes. Il se frictionnait les cheveux et les ramenait en arrière. Je me suis avancée sous la douche, toujours dissimulée, et je me suis agenouillée. Puis j'ai pris son sexe dans ma bouche. Les yeux de Raphael se sont écarquillés de surprise, et il a fallu que je me retienne de rire pendant que je continuais ma fellation.

– Qu'est-ce que…

Je me suis écartée, il tentait d'identifier la source de son plaisir, et je me suis glissée derrière lui. J'ai attrapé sa queue de mes deux mains et j'ai commencé à le caresser de haut en bas alors qu'il grognait de satisfaction.

Il s'est tourné d'un coup, mais je me suis baissée, son érection a failli me frapper l'œil.

– Qu'est-ce qui se passe ici, putain ? a-t-il grondé.

J'ai attrapé son cul rond et ferme sans pouvoir retenir un rire étouffé.

Finalement, Raphael m'a trouvée et j'ai abandonné ma transparence, le laissant admirer mon corps nu pressé contre lui tandis que l'eau dégoulinait sur nous.

– Je savais bien que c'était toi, a-t-il lancé avec un sourire en coin.

– Oh vraiment ? Tu ne pensais pas que c'était une créature Frénétique invisible qui se baladait en distribuant des fellations ? ai-je demandé, provocante.

– Ce monstre-là, je le laisserais volontiers courir les rues, a-t-il répondu en riant.

On s'est embrassés passionnément, nos corps mouillés se frottant l'un à l'autre. Raphael m'a soulevée et je l'ai entouré de mes jambes. Son sexe a frotté mon clitoris, me faisant gémir et désirer qu'il m'empale de son épée lustrée.

– Ne te retiens pas, ai-je dit, en léchant les gouttes d'eau sur mes lèvres. Je veux que ta bite d'Alpha me transperce.

– Alors tu ferais mieux de me planter tes griffes dans la peau pour bien te tenir parce que c'est parti pour la baise de ta vie, a lancé Raphael avec un rire sexy.

Il a plongé en moi – maintenant, j'étais humide partout. Il m'a pressée contre le mur et j'ai laissé échapper une série de gémissements.

– Oui. Oui. Oui. Oui ! Oui ! Oui !

Il a continué, de plus en plus fort. Mes yeux ont roulé dans leurs orbites.

– OUI ! OUI ! OUI !

Je jouissais encore et encore, en extase. Raphael ne pourrait plus tenir longtemps. Il s'est retiré, éjaculant dans tous les sens.

Alors que la dernière goutte jaillissait, il a appuyé son front contre le mien, l'air satisfait.

***

Pour une fois, j'étais de bonne humeur après notre petite aventure sous la douche. Je me préparais devant le miroir, me brossant les cheveux, Raphael se rasait, et j'ai eu une idée.

– Je veux que Snow vive quelque chose qui n'implique pas de se battre contre des monstres. Je veux qu'elle se sente comme une enfant normale, pour une fois.

– Tu penses à quoi ? a demandé Raphael en se tournant vers moi alors qu'il dessinait les contours de sa barbe de trois jours.

Snow était loin d'être une gamine comme les autres, mais cela ne voulait pas dire que je devais renoncer à l'aider à se sentir comme telle.

– Je veux l'emmener au carnaval, ce soir. Qu'on l'accompagne, tous les deux.

Raphael m'a souri.

– Super idée. On ira ensemble, en famille.

***

Snow marchait en nous tenant les mains, et elle arborait le plus grand des sourires. Le carnaval était une merveille de lumières, de barbe à papa et de manèges qui tournaient si vite qu'ils vous rendaient malade.

C'était exactement ce dont Snow avait besoin. Voir les autres gamins de son âge courir dans tous les sens et s'amuser. Quoi de plus normal ?

Presque tout Lumen était au rendez-vous et je comprenais pourquoi. Les ados avaient vraiment créé quelque chose de spécial. Je savais que Reyna avait beaucoup contribué à tout cela.

J'ai repéré Anya et Martin près de la grande roue, mais Reyna n'était pas avec eux.

– Viens, Snow, on va aller leur dire bonjour, ai-je déclaré.

– Ève ! C'est si bon de te voir, s'est exclamé Martin en me serrant contre lui, quand nous sommes arrivés près d'eux. Vous aussi, Raphael.

– Où est Reyna ? ai-je demandé à Anya qui regardait par terre.

Ses yeux trahissaient son appréhension.

– Elle… elle n'était pas motivée, a-t-elle répondu. Elle a pas mal de choses à digérer.

Ce que Reyna avait dû faire… Je savais combien cela avait été difficile pour elle. J'avais presque dû tuer Raphael et cela m'avait déchirée intérieurement pendant des lustres.

– Tu penses que tu pourrais lui parler ? a demandé Martin, me lançant un regard plein d'espoir. Tu parviens toujours à lui remettre les idées en place.

J'ai hoché la tête.

– Oui, ça me paraît être une bonne idée.

Normalement, j'aurais repoussé une conversation pareille, mais mon instinct maternel se révélait de plus en plus.

Avec excitation, Snow a pointé du doigt la grande roue.

– Tu veux en faire un tour ? ai-je demandé et elle a hoché la tête très vite.

– Allez-y toutes les deux, je vous attends ici, a indiqué Raphael.

Ce serait un joli moment entre mère et fille. On a grimpé dans une nacelle et on a commencé à s'élever, Snow riait aux éclats. C'était bon de voir un sourire sur son visage. Quand on est arrivées au sommet, le manège s'est soudain immobilisé. En fait, toutes les lumières aux alentours ont commencé à clignoter. L'air est devenu humide et l'atmosphère lourde.

Oh, non. C'est comme la dernière fois.

J'ai jeté un regard à Snow, dont les paupières s'ouvraient et se fermaient très rapidement. On aurait dit qu'elle avait une attaque. Ses pouvoirs étaient à nouveau en proie au chaos.

– Snow ! Snow, ma chérie, détends-toi !

BOUUUUUUUUUUUUUM !

Une énorme explosion a occulté tout l'horizon et quand j'ai levé les yeux au ciel, j'ai remarqué une sorte de trou noir, crachant des éclairs et de l'énergie sombre qui semblait balafrer l'atmosphère.

C'est Snow qui provoquait tout cela ?

– Snow, il faut que tu arrêtes ! Tu dois…

Mes yeux se sont écarquillés d'effroi quand un tentacule de trente mètres de long a émergé du trou noir, un liquide visqueux jaillissant de ses pores géants.

C'était un putain de *kraken.*

ÉPISODE 29

SACRIFICES

19 h 05

Anya : REYNA !

Anya : C'est le CHAOS au carnaval !

Anya : Il y a un MONSTRE GIGANTESQUE AVEC DES TENTACULES !

Anya : UN GENRE DE PIEUVRE VOLANTE OU JSAIS PAS

Anya : 🐙🐙🐙

Anya : Si c'était pas aussi cool, je serais encore plus terrifiée !

Anya : Oh putain non en fait j'ai la trouille !

Anya : Il envoie de la boue visqueuse partout !

Anya : Cette chose va détruire toute la ville !

19 h 10

Jed : Reyna où es-tu ?

Jed : Au carnaval ?

Jed : Il y a une putain de pieuvre géante qui vole.

Jed : Elle détruit tout sur son passage.

Jed : Je sais même pas comment me battre contre ce truc.

Jed : Oh MERDE !

Jed : La grande roue s'effondre !

Jed : Dis-moi que t'es en sécurité STP !

Reyna

Mon téléphone ne voulait pas s'arrêter de vibrer, mais pas question de lire tous ces messages apitoyés. J'avais conscience de me morfondre. Je n'avais pas besoin qu'on me rappelle à quel point j'étais au fond du trou.

Brrrr-Brrrr.

Mon Dieu, j'aimerais tellement qu'ils me foutent la paix.

Brrrr-Brrrr.

– Putain arrêtez ! ai-je crié en attrapant mon téléphone, prête à le jeter à l'autre bout de la pièce.

Mais j'ai vu les messages. Des dizaines et dizaines de SMS.

Oh, mon Dieu !

Tous ceux que j'aimais étaient à ce carnaval. Tous ceux que j'aimais étaient en danger. Je ne pouvais pas rester assise et ne rien faire.

Ma période de déprime était terminée.

Il fallait que je protège les gens qui comptaient pour moi.

Jed

Des hordes de gens se bousculaient en tentant de s'enfuir, cherchant à éviter l'énorme pieuvre qui flottait au-dessus de nos têtes et laissait des piles de boue visqueuse sur son passage.

Ce carnaval était devenu un véritable cloaque.

Je me suis frayé un chemin dans la foule, essayant de trouver quelqu'un que je connaissais. Reyna, par exemple.

Mon téléphone s'est mis à vibrer, alors je l'ai sorti en priant pour que ce soit elle.

Killian : Bro, tu vois ce que je vois ?
Killian : D'où peut bien venir un putain de Kraken ?
Jed : C'est ça le nom de ce truc ?
Jed : Comment peut-il voler ??
Jed : Et respirer en dehors de l'eau ???
Killian : J'en sais pas plus que toi, mec.
Killian : Le déséquilibre dans la Frénésie a tout bouleversé.
Jed : Tu es où ?
Jed : Tu as vu Reyna ?
Killian : Non, juste son père et sa sœur.
Killian : J'essaie de faire entrer les gens dans la cave du lycée pour les mettre en sécurité.
Jed : OK préviens-moi si tu la vois.
Jed : Et sois prudent mon pote !

La marée humaine devenait de plus en plus incontrôlable. Certaines personnes s'arrachaient leurs vêtements et se transformaient, d'autres essayaient d'atteindre leurs véhicules. Des gens glissaient et tombaient dans des flaques visqueuses, certains se retrouvaient bloqués comme dans du goudron.

C'était de la folie. Il fallait que je trouve un point d'observation en hauteur.

À moitié transformé, j'ai planté mes griffes dans un manège appelé « La Tour des Divinités » et j'ai commencé à l'escalader. Quand je suis arrivé en haut et que j'ai pu jeter un œil à tout ce bordel, j'ai été impressionné par cette bête démesurée. Elle semait le désordre à un niveau jamais atteint.

Mon téléphone a encore vibré.

S'il vous plaît, faites que ce soit Reyna.

Reyna : Je vais bien.
Reyna : Et toi ?
Jed : Dieu merci.
Jed : Où es-tu ?
Reyna : J'arrive.

Jed : Attends, au carnaval ??
Reyna : Ouais.
Jed : REYNA qu'est-ce que tu fiches ?
Jed : C'est loin d'être sécurisé !
Reyna : Je sais, mais je dois vous aider.
Reyna : Je ne vais pas laisser qui que ce soit d'autre être blessé.
Reyna : Toi y compris.

Putain, pourquoi est-ce qu'elle viendrait se mettre au cœur du danger ? En même temps, c'était une de ses qualités que j'appréciais le plus. Elle faisait toujours passer les autres avant elle.

Soudain, j'ai remarqué une étincelle se diriger droit sur le kraken. En plissant les yeux, j'ai distingué une faux et une paire d'ailes. Ève avait pris les choses en main.

Il fallait que je fasse ma part. J'ai glissé le long de la tour, de retour parmi la foule.

– La cave du lycée est sécurisée ! ai-je crié. Que tout le monde garde son calme et me suive !

Ève

Alors que le kraken faisait tomber la grande roue d'un jet de boue noire, mes ailes ont jailli de mon dos. J'ai attrapé Snow, échappant de justesse à la projection visqueuse. J'ai volé jusqu'au sol où j'ai vu que Raphael s'était partiellement transformé.

– Vous allez bien, toutes les deux ? a-t-il demandé en nous serrant contre lui.

Snow avait l'air secouée, mais elle ne semblait plus en crise d'épilepsie.

Les yeux de Raphael passaient de notre fille au kraken.

– Est-ce qu'elle a… ?

– Je n'en suis pas certaine, mais peu importe comment il est apparu, il faut qu'on l'abatte, maintenant, ai-je dit, pressée. Sinon, il risque bien de raser Lumen.

– Fais-moi grimper sur le dos de ce truc et je lui arracherai ses tentacules, a grondé Raphael.

– Non, il faut que tu surveilles Snow, ai-je répondu sans ciller. Je suis la seule à pouvoir voler, il faut que je m'en charge.

– Ève, tu ne peux pas combattre un kraken seule ! a protesté Raphael avec colère. C'est du suicide !

– C'est *nécessaire*, ai-je répliqué, utilisant mes ailes pour me faire décoller. Protège-la !

Telle une flèche, j'ai fusé vers le kraken, dégainant ma faux, prête à réduire en pièces ce bâtard poisseux. En me voyant arriver, il a protégé son corps en se contorsionnant. Cette créature était extraordinaire… Ce qui n'allait pas m'empêcher de la réduire en sushi.

– AAAAAAAAAAAAAAAAAAAAAAH ! ai-je crié le plus fort possible en portant un coup de faux au kraken…

CRAAAAC !

La lame de ma faux s'est brisée en deux. Elle n'avait même pas pénétré l'armure naturelle de la créature.

Mes pouvoirs de Diable étaient inutiles face à elle…

En la regardant, je me suis trouvée assommée et désarmée. Elle ouvrait ses mâchoires pleines de crocs et, soudain, j'étais au milieu d'un tsunami de boue.

Putain.

Raphael

En voyant ma compagne voler en direction du kraken, j'ai serré les poings. J'aurais aimé pouvoir en faire plus, mais même l'Alpha du Millénaire n'était pas équipé pour combattre quelque chose de cette envergure.

J'ai serré Snow contre moi, elle observait sa mère affronter la chose la plus monstrueuse qu'elle ait jamais vue. Et Snow avait fait face à des putains de créatures cauchemardesques.

– Elle va s'en sortir, ai-je dit en essayant de rassurer ma fille, même si j'avais tout autant besoin de me convaincre moi-même. Ta mère peut affronter n'importe quoi. Crois-moi.

Mais alors que je venais de prononcer ces mots, la faux d'Ève s'est brisée contre le cuir de la bestiole. *Merde !*

Elle était dans sa ligne de mire et la bête s'apprêtait à se déchaîner.

– MAMAN ! a crié Snow en m'échappant des bras.

Snow était… elle étincelait. Son halo était si brillant que j'ai dû plisser les paupières. En courant vers Ève, ses pieds ont quitté le sol et elle a commencé à voler. L'énergie irradiant de ma fille était si puissante qu'elle a failli me renverser.

Je n'avais jamais rien vu de pareil.

Dès que Snow a pénétré dans le radar du kraken, je n'ai rien pu faire d'autre qu'observer. Les deux femmes de ma vie étaient en grave danger : la créature s'apprêtait à désintégrer ma compagne et ma fille.

Snow s'est insinuée entre Ève et le kraken juste au moment où le tsunami de boue déferlait sur elle.

– SNOW !

Mais la matière visqueuse ne lui a fait aucun mal. On aurait dit qu'elle l'absorbait. J'ai observé avec horreur ma fille voler directement dans la bouche pleine de tentacules de la créature.

Une explosion faisant trembler la terre elle-même a illuminé le ciel nocturne, on aurait dit qu'il faisait jour. Des morceaux de chair de kraken et de sang ont plu tout autour de moi.

Elle… elle avait tué le kraken.

Le corps de Snow était mou et elle planait dans les airs, comme un phare de lumière. Elle palpitait, comme si elle était sur le point d'exploser. La chaleur irradiant de son corps était si intense que ma propre peau brûlait.

Ève a entouré Snow de ses ailes, prête à absorber l'onde de choc.

Ma vision était brouillée par les larmes.

***

Reyna

Snow allait exploser d'un instant à l'autre et emporter la totalité de Lumen avec elle. Ses pouvoirs avaient atteint leur limite et nous allions tous en payer le prix.

Mais je n'allais certainement pas laisser quelqu'un d'autre mourir. Pas après ce qui s'était passé avec Derek. Je ne me laisserais pas envahir par ce sentiment de désespoir à nouveau. J'ai senti mes crocs jaillir de mes gencives. Il fallait que j'aille là-haut, mais je ne savais pas voler. Comment y parvenir ?

Soudain, j'ai réalisé que Snow lévitait au-dessus du lycée.

Si je grimpais sur le toit, alors peut-être...

Ève

Je savais ce qu'il me restait à faire.

Si sauver Lumen impliquait que je me sacrifie, alors ainsi soit-il. J'allais partir avec ma fille. Je ne pouvais pas vivre dans un monde sans elle, de toute façon.

Il y a peu, je n'aurais pas bougé un sourcil si on m'avait dit que la population de Lumen allait disparaître, mais à présent... Snow avait débloqué de la compassion en moi, un sentiment que je pensais avoir perdu il y avait des centaines d'années.

J'ai essayé de la serrer fort contre moi, mais elle vibrait si fort qu'elle me repoussait. Une vague plus intense que les autres m'a projetée en arrière.

C'était la fin. Elle allait exploser.

– ÈVE ! a crié Reyna depuis le toit, en dessous de nous.

Ses mains étaient tendues, m'invitant à me saisir d'elle. J'ignorais quel était son plan, mais je n'avais plus d'autres options. Alors j'ai plongé et l'ai attrapée.

– Reyna, qu'est-ce que...

En nous approchant de Snow, elle m'a glissé des bras pour atterrir sur le dos de ma fille. J'ai été choquée de la voir planter ses crocs dans le cou de Snow. Doucement, son halo a commencé à s'affaiblir. Tandis que Reyna drainait son énergie, c'était comme si elle coupait un fil, désactivant Snow. Toutes les deux ont commencé à chuter et je les ai rattrapées juste à temps pour les faire atterrir en sécurité sur le toit.

Snow s'est assise, les yeux écarquillés, confuse. Je l'ai serrée contre moi, n'y croyant pas.

Reyna nous avait tous sauvés.

– Reyna, tu as…

Quand je me suis tournée vers elle pour la serrer contre moi à son tour, j'ai remarqué qu'elle gisait, inerte.

Elle ne bougeait plus. Elle ne respirait plus.

– Reyna ! ai-je crié en la tenant dans mes bras pour la secouer, les larmes me montaient aux yeux.

Mais cela ne servait plus à rien. Elle ne se réveillait pas.

ÉPISODE 30

LOGIA

Ève

Près de deux semaines ont été nécessaires pour que Reyna revienne à elle après avoir mordu Snow. Ces deux semaines ont été les plus déchirantes de ma longue existence.

D'un côté, j'étais aux anges d'avoir récupéré ma fille en vie, saine et sauve. Mais, de l'autre, j'étais au désespoir que quelqu'un de tout aussi important pour moi se trouve aux portes de la mort. Au début, j'avais été surprise de penser à Reyna de cette façon, mais c'était pourtant sincère. Elle m'avait préparée à accueillir une fille aussi têtue que Snow, et son bien-être m'importait autant que celui de mon propre enfant.

Je lui avais rendu visite tous les jours pendant son coma.

En me préparant pour aller la voir, une fois qu'elle s'était réveillée, j'ai senti Raphael se glisser derrière moi et m'entourer la taille de ses bras. Il m'a embrassée avec affection sur la joue.

– Les choses rentrent enfin dans l'ordre.

– Tu le penses vraiment ? ai-je demandé en plaçant ma main sur la sienne.

– Non, pas vraiment, a-t-il répondu en riant. Notre famille ne sera jamais dans la norme.

Notre famille.

Ça sonnait bien. Vraiment bien.

Raphael avait pris au sérieux son rôle de père et de compagnon, malgré tout ce qu'il avait à gérer en tant qu'Alpha du Millénaire.

– J'ignore ce que je ferais sans toi.

– C'est drôle, je me disais exactement la même chose à propos de toi, a-t-il affirmé en me faisant pivoter pour que l'on soit l'un en face de l'autre.

Il m'a embrassée passionnément et j'aurais voulu que ça ne s'arrête jamais.

– J'ai finalement tout ce qu'il me faut, a-t-il déclaré en plongeant ses yeux dans les miens. Et je ferai tout ce qui est en mon pouvoir pour le préserver.

– Tu viens avec moi voir Reyna ?

– J'adorerais, mais je vais devoir y aller plus tard, a-t-il répondu en se frottant les tempes. La moitié de la ville est détruite, j'ai un boulot infini.

Je l'ai embrassé pour lui dire au revoir

– Je t'aime. On reconstruira tout. Tout ce qui est cassé peut être réparé. On le sait tous les deux, on est déjà passés par là.

– Exactement, a-t-il rétorqué avec un large sourire.

***

À l'hôpital, j'ai retrouvé Martin et Anya, assis près du lit de Reyna. Elle avait l'air un peu fatiguée, mais dans l'ensemble, elle semblait en bonne forme. Je l'ai prise dans mes bras.

– Reyna ! C'est si bon de te voir réveillée !

– Ouais, sacrée sieste, a-t-elle plaisanté. Comment va Snow ?

– Bien, grâce à toi.

– Je lui disais justement que c'était une super-héroïne, est intervenue Anya avec un énorme sourire.

– Oh, je vous en prie, je suis loin d'être une héroïne, a dit Reyna en balayant cette réflexion de la main.

Martin m'a tapoté l'épaule, me coulant un regard inquiet.

– Ève, je pourrais te parler une minute ?

Anya et Reyna continuaient de se chipoter, Martin m'a attirée à l'écart.

– Qu'est-ce qui se passe ? lui ai-je demandé en essayant de déchiffrer son expression.

– Les docteurs… ils ont posé un diagnostic… plutôt perturbant, a-t-il expliqué, et j'ai remarqué qu'il avait l'air d'avoir vieilli de plusieurs années en deux semaines.

– Qu'ont-ils dit ?

– Le corps de Reyna… il rejette le sang de Snow. Ils n'ont aucune idée de comment cela va l'affecter, mais il n'y a aucun remède connu. Pas dans ce monde.

Même si je n'étais pas la mère biologique de Reyna, j'avais l'impression de ne pas avoir été à la hauteur. Je ne l'avais pas protégée comme une mère l'aurait fait.

– Alors que fait-on ?

– Pour l'instant, ils veulent la garder en observation et lui offrir un maximum de confort. Je ne veux pas que les filles l'apprennent pour le moment. Le stress pourrait empirer les choses.

J'ai acquiescé.

– Je ne dirai rien.

Mon téléphone s'est mis à vibrer et j'ai consulté mes messages.

Killian : Où es-tu ?
Killian : Il est revenu, Ève.
Killian : Kimbringe.

Killian : Il faut absolument que tu entendes ce qu'il a à dire.
Killian : Rejoins-nous à sa bibliothèque.

Il était enfin de retour. Mais qu'allait-il nous apprendre ?

– Martin, je dois m'occuper d'une urgence, mais je serai de retour dès que possible, ai-je expliqué en me glissant hors de la chambre jusque dans le couloir.

Cela faisait plus d'un mois que j'attendais que ce rat de bibliothèque Divin ramène ses fesses à Lumen.

Il ferait mieux de nous apporter de bonnes nouvelles.

***

Kimbringe a ruiné tous mes espoirs dès le moment où j'ai mis les pieds dans sa bibliothèque en partie détruite.

– C'est pire que ce qu'on pensait, a-t-il dit tout de suite.

Killian m'a lancé un regard m'informant que je n'allais pas aimer ce qui allait suivre.

– Explique-toi, ai-je dit en m'asseyant sur une marche de l'escalier brûlé.

– Ce n'est pas un simple déséquilibre dans la Frénésie, c'est bien plus complexe, a-t-il continué, l'air bien trop perturbé pour une Divinité. Je dois te dire quelque chose.

Kimbringe a commencé à fouiller dans les ruines jusqu'à ce qu'il mette la main sur une carte roussie. Elle disposait de deux niveaux, l'un au-dessus de l'autre. On aurait presque dit…

Deux planètes ?

– Un monde parallèle existe concomitamment au nôtre, a-t-il affirmé en pointant la carte du doigt. Il s'appelle *Logia.*

– Logia ? ai-je répété. Comme dans Barron Von *Logia* ? Et Llinos Von *Logia* ?

– En effet, ils ont un lien avec cet autre monde. Comme toutes les Divinités, a développé Kimbringe. Mais le fait est que ces deux univers sont en train de s'effondrer et de fusionner.

– C'est ce qui est à l'origine du déséquilibre dans la Frénésie ?

– En partie, oui, a continué Killian qui me regardait avec inquiétude. Et tu ne vas pas aimer la suite.

– Barron Von Logia est en guerre avec le leader du Logia, a expliqué Kimbringe. Leur querelle a des effets catastrophiques sur notre monde.

– Je ne suis pas surprise que ce connard pose encore des problèmes, mais qu'a-t-on à voir avec une guerre qui a lieu dans un monde parallèle ? ai-je questionné, perdue.

– Justement, a commencé Kimbringe. Snow… en fait, en quelque sorte, partie.

J'ai secoué la tête, ne voulant plus en entendre davantage.

– Kimbringe. Non. Elle en a déjà assez bavé.

– Sa simple existence crée un déséquilibre entre les deux mondes, a-t-il affirmé, l'air sombre. Pourtant, elle a un rôle à jouer dans ces deux univers.

Reyna

Papa et Reyna étaient assis à côté de moi à jouer aux cartes, quand j'ai entendu qu'on frappait à la porte. J'ai levé les yeux pour découvrir Jed, un bouquet de fleurs entre les mains.

– Je peux entrer ? a-t-il demandé avec un sourire timide.

C'était si bon de le revoir.

– Bien sûr, ai-je répondu, lui souriant en retour avec entrain.

Anya a décoché un coup de coude dans les côtes de notre père.

– J'ai faim.

– Eh bien, va te chercher quelque chose à manger, a-t-il réagi, confus.

Elle a levé les yeux au ciel avant de l'attraper par la main.

– Déso, en fait, je voulais dire qu'on avait faim *tous les deux*. Ce qui veut dire qu'on va aller à la cafétéria, et maintenant.

Elle m'a adressé un clin d'œil en attirant papa hors de la chambre, me laissant l'espace nécessaire pour passer un moment avec Jed.

Il a placé ses fleurs dans un vase, près de mon lit, avant de s'asseoir.

– Je savais que tu finirais par te réveiller.

– Ah oui, et pourquoi ?

Quelque chose semblait différent chez lui. On aurait dit qu'il avait davantage confiance en lui, qu'il était plus assuré. Ou peut-être était-ce moi qui le voyais différemment...

– Tu es une battante. Tu l'as toujours été. Et tu ne te bats pas que pour toi. Tu te bats pour ton père, pour ta sœur. Pour Snow. Pour moi. Je savais que tu ne nous laisserais pas.

J'ai commencé à pleurer avant de jeter mes bras autour de son cou, même si je me sentais encore très faible.

– Tu es... l'un des meilleurs amis que j'aie jamais eus, Jed, ai-je affirmé en m'essuyant les yeux.

– Pareil.

Mais quand nous nous sommes regardés dans les yeux, j'ai pris peur...

Je me demandais...

Pouvions-nous être plus que des amis ?

– Reyna ?

La voix d'Ève a interrompu mes pensées.

– Quelqu'un aimerait te voir !

Elle a poussé Snow devant elle. Ève avait l'air un peu affolée, et j'ignorais pourquoi. Timidement, Snow s'est approchée de moi et quand elle a été assez près, elle m'a fait un gros câlin, sa tête enfouie dans ma poitrine.

J'ai failli me remettre à pleurer. Je savais que Snow ne pouvait pas s'exprimer par les mots, mais elle m'était manifestement reconnaissante de lui avoir sauvé la vie.

J'ai souri à Ève, mais elle semblait avoir du mal à me rendre la pareille.

Ève

Je ne vais pas rester assise les bras ballants pendant que le sang de Snow ravage Reyna de l'intérieur…

Cette jeune fille était tout autant ma responsabilité que Snow. Je retournerais la terre entière pour trouver un remède à Reyna. Sauf que les médecins avaient affirmé qu'il n'en existait pas dans ce monde.

Dans *ce* monde.

J'ai sorti mon téléphone pour écrire à Kimbringe.

Ève : Cet autre monde…
Ève : Logia…
Ève : Comment on peut y aller ?
Kimbringe : Il n'y a qu'une seule façon d'y accéder.
Kimbringe : À travers un portail.
Kimbringe : Un seul portail peut s'ouvrir à la fois et jamais pendant très longtemps.
Kimbringe : Killian a vu le dernier se fermer sous ses yeux.
Ève : Alors on sait où le prochain va s'ouvrir ?
Kimbringe : Difficile à dire, mais d'après mes calculs…
Kimbringe : Je pense ce que ce sera quelque part en Afrique du Sud.
Ève : Bien, envoie-moi les coordonnées.
Ève : Car nous allons nous rendre à Logia.

Composition et mise en pages
Nord Compo à Villeneuve-d'Ascq